U0666718

MINGUO TONGSU XIAOSHUO
DIANCANG WENKU

孽海潮

民国通俗小说典藏文库·冯玉奇卷

冯玉奇 ◎ 著

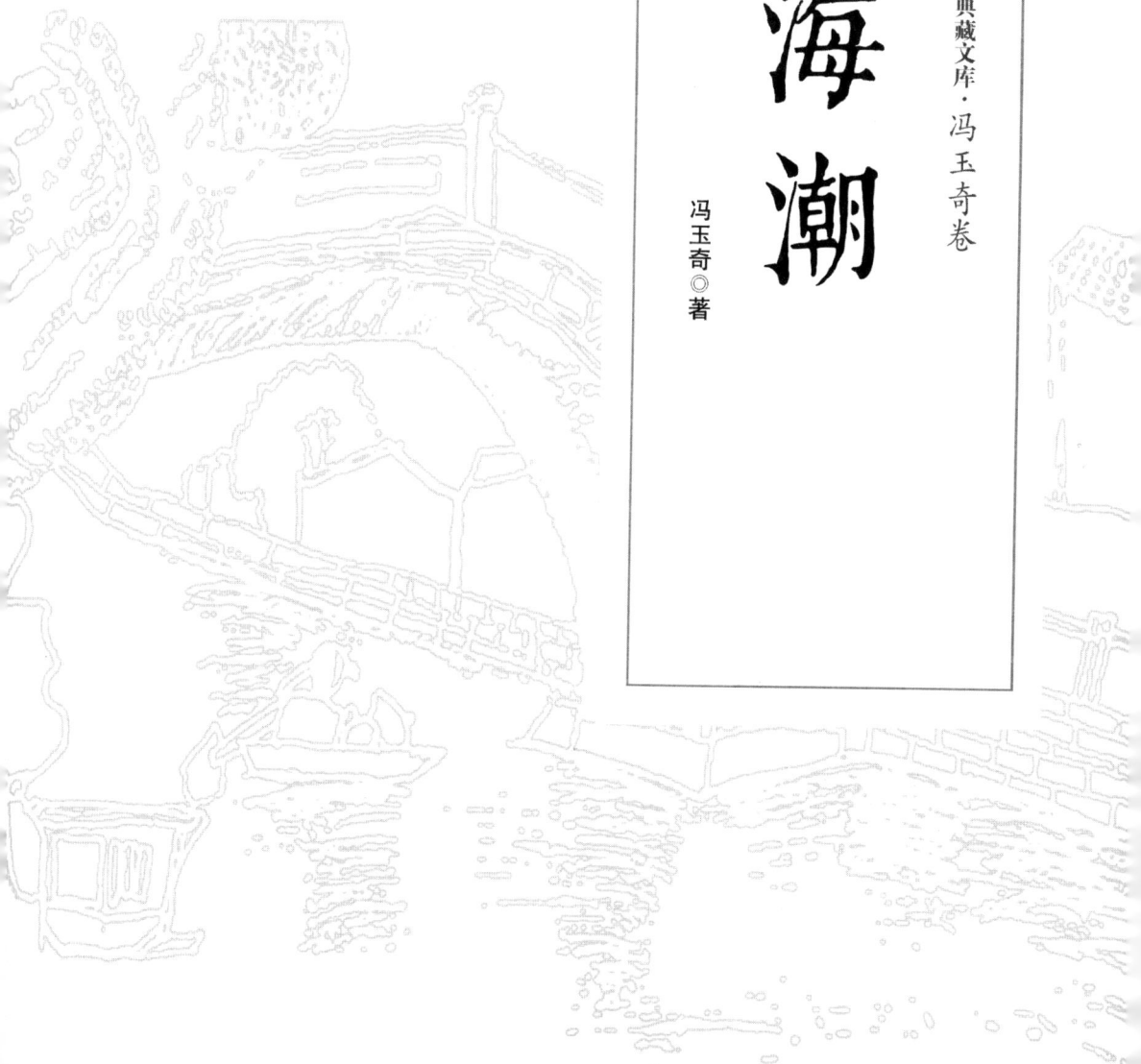

中国文史出版社

自　序

　　饱暖思淫欲，饥寒起盗心。这两句话真一些儿都不错。你瞧上海地方有钱人家的太太、小姐、公子哥儿，哪一个不是天天逛舞场、跑总会，整昼连夜、挥金如土。但四周伺察他们动静的，又都是些持手枪劫财物的绿林好汉。这些好汉难道一出娘胎，就甘心做绿林豪客的行业吗？原也是为着饥寒交迫，才起了这个盗心。犹之太太小姐们的堕落，也并不是天生就得淫贱相，都为外界引诱，金钱作祟，才造成这种种罪恶。因此号称东方巴黎的上海，无形中便成为苦海，又变成为孽海。本书以《孽海潮》命名，就是描写上海的社会。都市的罪恶，事事都逃不了"作孽"两字。作者有动乎中，把目击的魑魅魍魉、奇形怪状的动态，一起暴露在笔尖上，笔伐口诛，无非意在惩劝，心存救世。所以《孽海潮》一书，阅者应当作苦海慈航看，不可当作上海社会小说读。

目　　录

2

第一回

守财奴夜昏遭枪杀
浪漫女戴孝怨麻衣

噔噔噔礼拜堂的钟声，正一下下悠悠扬扬地敲着，信徒们早已一个个挟着《圣经》听道去。那时室中有一个少年，犹呼呼地酣睡在床上。原来今天乃是个星期日，所以外滩各银行各洋行都停止办公，怪不得日上三竿，那个少年还正在寻他的好梦。

正在静悄悄的时候，从房外就有一个茶房走进来，到那少年的床前，口中很焦急地喊道：

"吕先生，你快起来吧，温公馆里的电话已来两趟了。"

少年被茶役喊醒，两手揉着眼皮，一面还连连打着哈欠，口里嚷着道：

"有什么要紧事，要你这样的大惊小怪，左不过叫我打牌去吧。"

茶房听少年这样说，一面打好洗脸水，一面又叫道：

"吕先生，今天怕不是叫你去打牌吧，我听电话中的声音，并不是像那位二姨太的口气，好像是一个年老男子的声音。"

少年随手拿过衣服披上，打上领带，忙问道：

"那么说些什么呢?"

茶房道：

"他说叫吕先生赶快就来，公馆里昨晚上来了强盗。"

少年早已穿好衣服，跳下床来，向他唤了一声道：

"那你老早就可以说了，为什么偏要先说这些废话。"

说时，瞥眼瞧见写字台上摊着一张时报，上面用挺大的红字标题，少年忙拿起瞧道：

静安寺路温公馆发生盗案，死一男伤一女

昨晚十点零五分，温公馆门前突然有汽车一辆，疾驶而至。车上跳下身穿大衣男子三人，向门上投刺晋谒主人温五楼。当下仆役拿了名片，进去通报，该三男子便紧紧跟着，一同入室。其时温五楼方和其妾方氏躺在书房间的沙发上，静听无线电播音，突见门役伴着三个陌生男子进来。正待起身动问，不料该三男子便即各出手枪，吓禁声张，一面叫五楼取出铁箱钥匙。五楼拒不交出，盗即开枪示威，不料一弹正中五楼胸口，一弹飞入方氏右腹。五楼犹大喊捕盗，盗遂又发数枪，五楼当即倒地。盗见已扰大祸，意殊慌张，无心搜劫，遂将方氏手上金镯一副、钻戒两只抢去逃逸。事后由门役鸣捕到来，盗已远飏无踪。当将伤人车送医院。闻五楼因流血过多，到院便即身死。方氏则尚未脱离危险云。

少年瞧完这个新闻，脸上顿时大惊失色，口中不觉大声喊道：

"啊呀，这可不得了，怎么温大班已给强盗打杀了。"

原来这个少年姓吕名叫少芹，乃是温五楼的内侄。温五楼是上海海品洋行的买办，正妻吕氏早卒，娶妾方氏、袁氏，均未生育。五楼生性吝啬，刻薄成家，自幼便在海品洋行办事，现在已有三十余年，家中积资两百余万。因少芹是他大夫人吕氏的侄子，所以带在身边，今年也已把他荐到海品洋行充一个会计员。洋行里是没有住宿的，少芹因此便住在北京路一家茶栈里，这个茶栈名叫久大，五楼也有股份在内。少芹在行里服务，一天到晚没有休息工夫，趁着今天是星期日，意欲睡得迟一些儿。不料温公馆里竟会发生这个乱子，这叫少芹怎么不要大惊而特惊呢。这时茶房见他瞧了报纸立即脸儿失色地大喊，因便插嘴问道：

"吕先生，怎么啦，你也这样的大惊小怪?"

少芹道：

"你还问呢，你不瞧见了报上的新闻吗？温大班是已被强盗杀死了，照报上说是死在医院里，现在不知道到底怎样。"

少芹一面说，一面连忙匆匆地揩一把脸，披上大衣，便立刻坐车到温公馆去。等到少芹走进温公馆，只见里面鸦雀无声，少芹一问，只剩两个老妈子和两个小丫头。老妈子一见少芹，便指手画脚，十分惊慌地告诉道：

"吕少爷，老爷昨夜给强盗打了好多枪，老爷身上的血不晓得流出来多多少少，我们是真吓得来。还有二姨太也打着一枪，幸而三姨太是到张公馆里打牌去，不然大家不是都要打伤了吗?"

少芹听她噜噜苏苏地说了一大套，因急急问道：

"现在他们是在哪一个医院里呀?"

老妈子道：

"老爷是已经死在医院里了，二姨太听说也非常危险。"

少芹忙道：

"这些我是都早已知道了，我问你他们是住在哪个医院。"

老妈子顿了顿，回头向另一个老妈子道：

"我也急糊涂了，你知道在什么……"

旁边那个眨了两眨眼，怔怔道：

"好像是叫什么美丽医院。"

少芹听了，又气又笑道：

"上海从来也没有这个医院的。"

倒是小丫头插口道：

"是在白克路的美仁医院。"

老妈子哦了一声道：

"对了，正是这个。"

少芹不等她说完，拨转身子，早已三步并作二步跑出大门，跳上车子，叫车夫快快拉到美仁医院。不料走到医院一问，说温五楼已于早晨送到万国殡仪馆，只有方氏睡在特等病房里。少芹意欲到病房里先去瞧瞧二姨太的伤势，但是却被看护阻住道：

"医生关照，病人热度很高，任何亲友，不好惊扰。"

少芹听了，不觉叹了一口气，便又出了医院，急急地赶到万国殡仪馆。但见大门口正在悬扎素彩，奔到大厅，也正在陈设。厅上拥挤着不少的办事人员，一见少芹，个个都向他点头。原来那班办事员，不是海品洋行的同事，便是温公馆里的账房和西席老夫子，所以都和少芹很熟很熟，彼此招呼一回。账房百篇道：

"我给表少爷两个电话，你却还睡在床上吗？"

少芹道：

"后来茶房告诉我的，三姨太呢？"

百篇把嘴向里一努，少芹便急向里面找三姨太，谁知找了一会儿，却是不见。方欲回身找表弟如玉去，恰巧有一个十七八岁的丫鬟走来，少芹一见，便即喊道：

"曼曼，三姨太和少爷怎么都不见了呀？他们是到哪里去了？"

曼曼见是少芹，便也喊道：

"表少爷，三姨太昨天因打了一夜的雀牌，今晨回到家里，一听老爷已送医院，她也赶到医院，不料老爷已死，她就伴着老爷到这里。此刻因身子实在倦极了，所以在里面打盹。少爷和孙少爷大概在外面，表少爷，你没瞧见吗？"

少芹听了，心理暗想：姑父辛苦一世，挣了不少家私，现在死了，一个都没有真心地可怜他，想来做人也真空虚极了。这个如玉表弟，不是我姑父的亲骨肉，到底是不相干的。少芹正在低头感叹，忽听一阵嘻嘻哈哈的笑声传进来。少芹抬头一瞧，只见从外面走进来一个二十余岁的少年，后面又赶来一个十四五岁的孩子，两个人开着玩笑。一见少芹在里面，都慌忙停止玩笑，一个叫声表兄，一个叫声表叔。少芹见这两个人，一个正是表弟如玉，一个乃是表侄楚宝。

阅者到此，一定要来责问作者写得有些牛头不对马嘴了。作者不是说五楼先娶吕氏，后讨两房姨太，三人都不曾生育吗，现在怎么不但儿子有了，连孙子也有了？难怪诸位要不明白，让作者来详细说一下。

　　原来五楼是一个深心人，他因自己年已衰老，膝下并没有半个儿女，因此便日日担心，欲于温家近房侄辈中，挑选一个聪敏的作为继子。后来果然给他挑着一个，就是现在这个温如玉。五楼自过继如玉之后，心中又暗自思量，他想：我现在在上海方面已置了不少房屋，造了一座住宅；而在甬江原籍，也已建筑楼房三进，且买有田地二千余亩，此外又做了不少事业。这样若没有一个克家的令子，好好儿给我保守家业，这真是一个很痛心的缺憾。一面他又想起他的夫人吕氏，娶来不到二年，倒也生过一个儿子，当时我给他取名如璧，这个孩子又胖又白，实在不像是个短命的样子，但是养了不到八个月便死了。那个孩子若养到现在，倒也有三十几岁的人了。他有了三十几岁，照理我是也可以有几个孙子见面了。但现在孩子是死了，孙子当然更谈不到。而且他的娘也会死了，这是多么使人伤心。。为此我又讨了两个姨太，谁知二姨太方氏又是不会生育的。方氏既然不会养，那三姨太袁氏，我终以为多少可以养一个了，不料她竟和二姨太是一气贯穿，好像两人商量好似的。现在虽然已过继这个如玉孩子，但我已是六十花甲的人，媳妇虽已娶来，孙子却仍未见面。我想把我长子如璧名下，再过继一个孙子，如是，则我百年之后，有子有孙，倒也不觉得寂寞。还有一层，我的过继儿子倘然不知长进的话，我终还有一个过继孙子可靠，若过继孙子不好的话，那过继儿子也许能够好的。

　　五楼心中既这样计划着，所以在上几年冬天里，又给如璧过继一个儿子，就是现在这位孙少爷楚宝。楚宝今年十四岁，如玉今年二十岁。如玉的妻子叫王意心，今年倒有二十四岁，比如玉长了四年，这个也是五楼用心过度的缘故。因为五楼唯恐如玉荒唐，所以故意把儿媳妇定的长了一些，以为可以管束儿子的地步。谁知如玉生来就是个纨绔儿，因意心年纪大了一些，娶来不多几时，心里就不喜欢，一年之中，也不知有几个月住在家里。好在这位意心小姐，倒也不是拘于旧礼教的女子，你尽管不回家，她也不来劝谏你，所谓我行我素，各自寻找欢乐，因此倒也不会发生什么空房独守的苦闷。楚宝虽然年纪尚轻，五楼也早已给他定下一房媳妇，姓裘名叫莲仙，现在学校里读书，莲仙的爸爸裘其俊，是在江西当县长的。这些都是温公馆过去的历史，现在略为表明，尚有许多风流秘史，且待以后慢慢再说吧。

且说少芹当时一见如玉和楚宝，叔侄两人嘻嘻哈哈笑进来，不像是死了爸爸般的，简直一些儿都没有伤心的神气，心中不免暗暗叹息。一面便拉住如玉的手，说道：

"姑父昨夜被害，你可在家吗？"

如玉微笑道：

"不瞒长兄说，我和楚宝昨夜正在东荟芳小金刚钻家里吃花酒，因为是一个把兄做的东，所以弟是不好意思不到的。后来账房百篇打电话给我，说是爸爸被强盗枪杀，我还当他是诳我。百篇见我不信，他又叫西席卜士仁先生再打电话催我回家，我没有法想，所以当时只好回来。谁知我来了，强盗已去，爸爸早已死在医院里了。"

少芹听他的话，好像是在谈一桩新闻，一些儿不关痛痒，似乎还很得意的神气，脸上含着微微笑容，对于眼泪水那是更谈不

7

到了。心中想来，真有无限的悲痛。那时外面已来叫他们吃午饭，少芹、如玉、楚宝三人便跟着出来，只见大厅上已陈列五楼的尸体，灵床上覆着一条大红绣花缎被。五楼面部虽已经过化妆，但他双目半闭，双眉紧蹙，看过去虽不像是个尸体，宛如生前，却也显出痛苦的神气。少芹见了，想起姑父在日待他种种的好处。自己是个从小没有爷娘的人，自己姑妈又是早就亡了，此刻姑父又死得这样惨痛，顿时胸中只觉一阵酸气，从鼻子里直透出来，两眼中的泪水，也就忍不住扑簌簌滚下来。卜士仁见少芹垂泪而泣，他便走过来劝道：

"少芹兄，别伤心了，东家此番惨亡，原是大大的不幸，但已享寿花甲开外了，也可称为福寿双归、死无遗憾的了。像我们这等寒士，终年没有好好儿地享受作乐，虽然是活在世上，差不多和死去的一样了，真是个活死人。你想还不是像他死去的荣耀吗？"

少芹听他满口不伦不类的胡言，心中又好气又好笑，因碍着情面，只好敷衍着他。这时百篇又从外面拿进五套麻衣，两套是男的，三套是女的，只听他高声叫道：

"三姨太，你们三套女麻衣在这儿，要不要先拿去穿一穿，腰身合适不合适。"

原来这个三姨太名叫袁遏云，年纪不过刚过二十五岁，先本是长三堂子出身，唱得一口好京腔。五楼爱她臀儿很大，说是能够生育儿子，因此把她脱籍讨来，当时整整花了八千多洋钿。这句话也有六个年头，哪知遏云的屁股虽然大，遏云的肚皮竟一些儿都不会大。所以五楼瞧了她屁股，是一团的高兴，可是瞧了她

8

肚皮，则又起了无限的烦恼。那时遏云和意心听了百篇的喊声，已经从房间出来，见了这粗厚的麻衣，心中好生讨厌。因娇声地对意心说道：

"少奶，你瞧这样粗糙的衣儿，叫我们穿在身上，不是很难看吗？"

意心把嘴儿一撇道：

"上年我爸爸死了，我嫌它难看，我也没有穿，现在三姨太如不爱穿，我们大家就不穿好了。死了人便有这样的噜苏，真讨厌死人了。"

遏云道：

"少奶的话不错，我们只要有心记得老爷，穿不穿是没相干的。"

百篇一听两人的话，便望着两人笑了笑，慢慢走开了。遏云遂叫曼曼把麻衣拿进去。那时外面吊孝的来宾，已拥挤得满厅。遏云和意心因为心中并没伤心，要想在灵里哭几声，无论如何是哭不出的，所以只好叫曼曼来代替。外面来宾听了，倒还着实替内眷们伤心哩。满厅来宾，有的高谈强盗可恶；有的埋怨门役不好，不应该不先问个明白，却把强盗引到公馆里来；有的说这许多保镖是死人，强盗来了，吓得都避开不出来；有的却说五楼伯年纪是也差不多了。少芹见这几个说的人都是温家族人，心里又觉说不出的感触。众人正在纷纷议论，忽见美仁医院差来一人，说你们的太太不好了，请这里的少爷快去一趟。众人听了这话，早又各大惊失色。

要知二姨太究竟死活如何，且瞧下回再行分解。

9

第二回

一棺附身万事都了
三心两意各显神通

　　且说美仁医院着人到万国殡仪馆，叫温如玉急忙赶去，说是你们这里太太病重。如玉既要在此送殓，又要到医院送终，急得如玉声声叫苦。心中暗怨爸爸妈妈，真好不识相，为什么要同时身死，累得自己东奔西跑，一刻都没有空闲。好在阿二的汽车停在门外，如玉便赶忙跳上，叫阿二快速开到美仁医院里去。不多一会儿，汽车早到院门，如玉匆匆下车，奔到特等病房，即有看护出来道：

　　"是不是温公馆里来的？"

　　如玉点头。看护遂领如玉到院长室，见过院长马平伯，平伯便向如玉叫道：

　　"密司脱温，你的姨娘热度实在非常的高，鄙见非得将她小腹剖开，钳出子弹，一时恐难见效。但敝院章程，如遇解剖等割症，非得本人亲族签字，不能擅施手术，为此请你过来问一声，究竟是否开割，还请你定夺。"

　　如玉道：

　　"这个我们是个外行，实在做不来主，你先生是要割的，就割是了，好歹我终给你签个字，其实就是你割好后，我再签字也不要紧。"

平伯一听如玉说得这样马虎，便也笑着说道：

"并不是这样说，因为敝院的章程如此。"

如玉道：

"既然如此，我们就照章程办事好了。"

平伯听他十分爽气，毫不顾虑，这样的下辈，自从解剖病症以来，倒还只有第一次瞧见。因急忙叫了看护把证明单取出，送到如玉面前。如玉在台上提起笔来，便歪歪斜斜地签了一个字，又问平伯：

"还有什么手续？"

平伯道：

"现在没有事了，密司脱温，请你回去好了，待这里施过手术，病象如何，再行打电话给你好了。"

如玉两手一抱，道了一声感谢，也不到病房里去瞧瞧姨太，遂即匆匆回身，又跳上汽车，回到万国殡仪馆来。

等到如玉回到馆里，百篇早已把五楼衣衾棺椁，通通备办舒齐，单等四点钟一敲，便是大殓的时辰。这时众宾午饭早已用过，有几个客气的都已纷纷回去，而下午来的吊客，又车马盈门、络绎到来。如玉虽然肚饿，也只好站在灵房答礼，心里连叫晦气。

这时孝帐内坐着三姨太和如玉夫人王意心，左右首分开，因为上午是叫曼曼代哭，下午若自己再不哭几声，心中究竟有些过意不去，而且三姨太的心中，胸有成竹，别有用意。当每一个吊客到来，她必先把帕儿掩着半面，那两双俏眼却偷偷打量着，见有风流潇洒、容貌出众的美少年，她就秋波盈盈很注意地和人家做媚眼，一面却哀哀地啼哭着道：

"我是一个年纪轻轻的人呀，你怎么好狠心地就丢下我去呀，你叫我依靠哪一个好呢？我的哟，你要明白地告诉我，我是已变成一个孤苦伶仃的人儿了，有谁再知道我的心呀？"

这样没有眼泪地哭了一会儿，倒好像是在唱《四季相思》的曲儿。坐在对面的意心听了，心中也不觉暗暗好笑。一会儿，三姨太见吊客退了，她便叫曼曼暗中去调查这个的姓名、那个的年岁，和我们老爷是个怎样的交情。曼曼一听她吩咐，便穿梭似的向百篇或是士仁探听，有的百篇知道，有的士仁认识，倒也给她调查得很详细。

这时一阵吹打，又是一阵西乐，如玉双手扶着五楼的头，楚宝双手捧着五楼的脚，一面由馆中人扶着，倒已把五楼遗体殓下棺去。三姨太和王意心纵声号哭一阵。一时盖棺设灵，众人忙碌一阵，又把五楼半身相片高高供在中间，众亲朋又各祭奠一回。棺材的左右满满陈列着花圈花篮，定一七之后，先行下葬，择日重行举丧。各事完备，早又黄昏时分，那时宾客已散，少芹便对如玉说道：

"表弟，这里事备，你先回去吧，因为家里没有人。医院那边，待我给你去瞧姨娘。"

如玉听了，很是感激，因为自己有几个夜里一连地在堂子里玩，没好好儿地睡，今天又忙碌了一天，此刻很觉有些儿支撑不住。今听少芹这样照顾他，心里怎不感激呢，因答道：

"这样有劳表哥了，回头请你到舍间来。"

少芹答应，如玉和楚宝遂先坐车回去。这时大门外停着好多辆汽车，都是温公馆里备着接送客人的。三姨太和意心这时也早改了全身缟素，一个扶着曼曼，一个扶着盼盼，方从里面娉娉婷婷地出来。抬头忽见大门外又进来两个徐娘半老妇人，一个身披元色软缎斗篷，白缎绣花鞋子，脸上满涂着雪白香粉，还画着细细两条眉毛，看过去只不过三十岁左右光景；一个身穿海虎绒大衣，手中还挈着一只小小的黑漆皮匣，脚上穿一双咖啡色平底皮鞋，脸上还架着一副眼镜，年纪也不到四十。一见了三姨太遏云和意心，便加快了几步，伸出手来把两人的手握住，口中便连连地喊道：

"我的三阿姨，我的大嫂子，怎么干爹会凭空地遭了这个祸事，我们前几天不是还大家好好儿地打过牌吗，统共不到四天，再也想不到就没有见面了。"

她两人一面说，一面眼泪就扑簌簌地掉下来。遏云见这两人，一个穿绣花鞋的是叫小脚阿金，穿大衣的是叫蓝桥别墅，从前都是堂子里红倌人。现在小脚阿金变作了老鸨，她自己开个堂子，那蓝桥别墅则已嫁给百和洋行买办朱小利做小。因此遏云和意心也叫声"阿金姐"，又叫声"朱少奶，快请里面坐"。

"可不是，我们老爷真死得好苦。"

这两个人为什么也会到温公馆来吊孝呢？原来也有个缘故，因为五楼在日，到堂子里去吃花酒打扑克差不多天天是有应酬的，因此就认识了这两人。阿金姐和蓝桥别墅见五楼是个有财有势的人，而且又是个色中饿鬼，要想骗他金钱是非牺牲色相不可。所以两人商量，竭力巴结五楼，暗地里果然都已搭上了手，后来一探听，五楼已讨了好几个姨太太，心里倒冷了一半。因此又想出一个法子，五楼虽年已半百，却是膝下没有一个亲生儿女，两人便再三要五楼认作干女儿。五楼本是爱着她们，因自己年已衰老，若再把两人讨来，未免被族中人笑话，今听两人情愿拜自己为干爹，心中十分喜欢，当然满口答应。从此干爹干女儿叫得非常亲热，五楼倒也被两人着实骗去几个钱，可是干爹的权利，在干女儿身上别人所享不大到的，五楼却享受了去，所以双方都非常愿意。后来蓝桥别墅虽然嫁了人，但他们干爹干女儿依然常亲亲热热地往来走动。今天他们两人得到五楼被盗枪杀消息，所以便匆匆赶来。况且这里三姨太和少奶奶同她们平日感情，原也很是投机。这时小脚阿金和蓝桥别墅走到灵前，先向五楼遗像行了个礼，后来又走到棺材边哭了几声。曼曼、盼盼拧上手巾，让两人擦干了眼泪。小脚阿金又问二阿姨伤势怎样。遏云道：

"也是很危险，现在住在医院里。"

谈了一会儿，遏云又要两人同到家里去，小脚阿金说这几天院里很忙，蓝桥别墅说今天小利要回家，改日一定再来拜访。一时四人遂各分手，跳上汽车回去。

再说少芹走到医院里，见过院长马平伯，问二姨太的伤势究竟如何。平伯道：

"温太太的腹上因有一粒子弹嵌在皮里膜外，所以那膜便日渐溃烂，身体的热度也就日见增高。后来我用爱克司光一照，知非开割不可，所以叫家族前来签字。现在业已把受伤地方用局部麻醉，开刀进去割去腐肉，把子弹钳出，再用药线把它缝好。此刻她沉沉睡去，大约要过两个星期，方可完全脱离危险，万一又有别的现象，好在公馆里随时可打电话通知。"

少芹听了，心中略为放心。因问沉沉睡去，是否不好现象。平伯摇头道：

"这是我给她打安神针，故意叫她睡去，因她流血过多，若再不休息睡眠，恐怕精神方面够不到。"

少芹一听，又连嘱竭力设法，若能脱离险境，定当重谢，便回身别了平伯，又匆匆到温公馆来。一问如玉，盼盼告诉大少爷和孙少爷都在书房打盹。少芹因便到遏云房中，只见她仰躺在席梦思上，两指夹着烟卷，望着天花板出神。见了少芹，便坐起来叫道：

"表少爷，你此刻打从哪儿来？今天可叫你辛苦了。"

少芹道：

"说哪儿话来。"

一面又把二姨娘的伤势详细告诉给她听。一会儿曼曼又开上饭，意心便也姗姗而来，向少芹叫声表伯。盼盼走过来告诉说，大少爷、孙少爷睡得正浓，不便叫他醒，请姨太太、表少爷、大奶奶先用吧。三人用毕饭，洗过脸，遏云、意心有说没说地和少芹搭讪着。少芹不便多坐，遂回身到外面账房间来。只见百篇和士仁对面对地坐在写字桌旁，正在复核日间用去的账目。少芹见他结数共计用去大洋一万二千五百元，不觉伸了舌头，表示着骇异。百篇见了，心中一跳，口里叫着道：

"少芹兄，怎么啦，你奇怪这数目用得大吗？你不晓得，枪死的人和病死的人洗濯尸体是两样的，不但手术非常麻烦，而且一切费用比平常例须加倍。再单就拿今天这一口沙枋棺材的价目，也已要用去八千元，此外一切开销，真要算极节省极节省呢。"

士仁道：

"等到出殡那天，恐怕要比今天还要多用好几倍了。"

百篇道：

"这个自然，老太爷辛辛苦苦挣了这许多家私，死后自该给他出出风头。"

少芹心想：我并没开口，你们两人就要避清白，可见贼胆心虚。现在姑父死了，好歹让你们胡闹是了，因笑了笑道：

"你们可有预算吗？"

百篇道：

"今天怎来得及，这事是只好过了明天，大家再商量吧。少芹兄，你今天是不能回去了，好在这儿床铺多，我们聚在一起，既可商量，也就不觉得寂寞了。"

士仁道：

"少芹兄刚才不是从医院里来吗？你瞧瞧二姨太的伤势，究竟要不要紧？"

少芹道：

"据院长马平伯说，本来是很危险，现在他于下午已把子弹钳出。如能挨过三五天没有变化，那就无碍了。至于完全复原，非两个星期不可。"

百篇道：

"论起来，一个人家少不了老年人支持的，现在公馆里老太爷既然没了，要算二姨太是个当家人。她今年到底是已经四十有零的人了，比不得三姨太和少爷、少奶、侄少爷，都是年纪轻轻，一些事儿都不晓得。"

　　少芹道：

　　"对呀，二姨太实在是温家一个要紧人哩。"

　　三人谈谈说说，不觉已过半夜。卜士仁见少芹一连串打了好几个哈欠，三人遂各自归寝。等到各人上床，三个人便左一转侧，右一翻身，各人倒又睡不着了。原来这三个人，各人都有各人的心事，此时睡在床上，一反一复地想起来，所以大家都睡不着。

　　先来说赵百篇的心事吧。原来百篇是温家的老账房，年纪倒也有五十开外，戴着一副近视眼镜，心里很是阴险。五楼家中一切收支以及地产房租收入，统统归他掌管。此刻五楼已死，二姨太又病在医院，如玉年轻，平日又浪费无度，家中无人做主。他想乘此机会大大地舞一下弊，捞一笔外快，所以他转的念头是在金钱上面。

　　卜士仁是公馆中一个西席，五楼恐楚宝被人绑票，所以请了西席，教他在家里念书，不给他上学校去。谁知楚宝虽然年纪只有十四岁，但身材倒是生得很高大。如玉每晚等到五楼睡后，他便偷偷地约着楚宝，一同到堂子里去胡调。如玉为什么要带着侄子一同去白相堂子呢？说起来实在是如玉的一个伤尽天良的计策。如玉的本身父母，原是一个极贫苦的人家，如玉过继到五楼家里，如玉还只有生下三个月。后来慢慢长到十六岁，五楼突然

17

又过继一个孙子楚宝，那时如玉以为多了一个道伴，心里倒颇喜欢。不料这天，学校里几个同窗好友名叫阮学海、唐仲义的无意中对如玉说道：

"如玉，你的家财一半被你的侄子派去了，你此后快不要再浪费吧。"

如玉被这两人一言道破，他想这话倒真的不错。从此他便深恨楚宝，可是又不好意思怎样奈何他，因此他便常常记在心里，要把楚宝害死。直到今年，给他想出一个极恶毒的美人计，就是每天晚上引诱楚宝到堂子里去，一面叫倌人把楚宝迷住。楚宝这时是一个发育未全的人，就是智识也还幼稚，他只晓得玉叔待他真好，夜夜和他同玩，不要叫他花费一个钱。谁知如玉的存心是要破他童身，竭他精髓，使他成为一个童子痨，那五楼的家私，他便可独个享有，这在楚宝当时又哪里想得到。

卜士仁原是一个寒士出身，但为人也颇有心计。他见楚宝，好像见了财神一般，什么话都不敢得罪他。所以表面上虽是个先生，实际上等于仆役，不过趋候少爷，终日陪太子读书而已。士仁对于教书既然一些不要用心，他凭着自己还只三十岁左右的人，倒也长着一副白净脸儿，因此便用心到五楼的两位姨太太身上去。那晚他睡在床上，所转的念头就是要怎样才能够把二位姨太太勾引到自己身上来。三姨太也许自己还够不上资格，对于二姨太，我想她已四十多岁的人了，像我这样的能够竭力奉承她，夜夜陪伴她，她是一定乐意的。倘若能到手成功，那真是人财两得的好机会。因此士仁便也终睡不着。

那么少芹他到底是在转怎样的心事呢？原来少芹因为和五楼

是在一个洋行，他当的又是会计员，现在姑父殁了，行中要换一个买办，自己的位置究竟会不发生问题。就是干下去的话，那会计部分，老买办要移交给新买办，这个手续将来也是很麻烦。因此他也左睡不着右睡不着。

三人的心事，虽然不同，但大家都是睡不着，真好像是个同病相怜。

要知后事如何，且待下回再行分解。

第三回

死出风头哄动看客
瞎造禄命假充亲儿

光阴迅速，离五楼的大殓已经是第七天了。这时上海各报，便登有一个挺大的讣告：

不孝如玉侍奉无状，祸延显考。清封奉直大夫五品衔，民国内政部特给三等文虎章，前浙江省长褒颁一乡善人匾额，五楼府君，痛于民国二十五年十一月五日，即旧历丙子九月十八日戌时，惨遭狙击身亡，距生于清光绪元年乙亥正月十六日卯时，享寿六十有二岁。不孝等侍奉在侧，当即车送万国殡仪馆，亲视含殓，即日遵例成服。今择本月十二日举殡，十三日安葬上海公墓，叨在亲友族谊。哀此讣闻。

不孝孤哀子温如玉泣血稽颡

齐期孙楚宝抆泪稽首

自从这个讣告登出后，就有不少的远地亲友，纷纷打电报来向如玉慰唁。一时上海各界，个个晓得今日是温公馆的温大班出丧日子。午后还不到两点钟，马路上就有不少的妇女孩子等在大出丧经过的地方，人山人海，拥挤不堪。不多一会儿，只听几个人大喊来了，大家都望向前去，果见先有一个人肩着路由牌到来，接着便是方弼、方相两个丈二长的开路先锋。后面十二匹顶马，顶马上骑着的人，手中执着一面尖角旗，旗上绣着一个"温"字，浩浩荡荡，飘摇高空。顶马后一对高灯、一对旗锣、一对路幡、一班西乐，接着便是二十四顶白缎手伞、二十四个白缎子冲风。再后便是浙江省长褒颁一乡善人的一方匾额，装在一双金漆亭子上面，亭后随着一班身穿白衣、头戴白帽、手执长香的送丧客人。再后又是四匹张号的顶马，金山银山，童男童女，纸做汽车一部，纸糊绿呢大轿一顶，又有纸糊的十二生肖、十二个月花名、八仙过海，都是制得精巧细致，透剔玲珑。此后又是二十四名龙凤吹打、一百副挽对、四十八个和尚，排得整整齐齐。再后一乘绿呢魂轿，轿前有四个穿西服的少年，臂上缠着黑纱。接着又是五十个缎幛、一对旗锣、二十四个道士、一只香亭，香亭中一张五楼半身遗像，亭旁也扶着四个白衣白帽的送丧，前面四个喝道夫，后面二十四名巡捕、二十四名警士。再后便是一班广东音乐队，细吹细打，再后便是一班孤儿院和学校的小学生，这些学生后面便是八盏明角灯、八盏纱灯。又是一班女尼，二十四个花圈、二十四个柏树圈、八对功布牌、八对亚字牌，又是一只大香亭，亭中摆着一只大香炉，沿路烧着檀香，丝丝袅袅，烟雾弥空。此后便是孝帏了，帏内孝子孝孙，坐着包车，慢慢拉着。孝帏后是北平来的独龙杠天平，四周全用平金红

21

缎，绣着唐僧取经，新鲜夺目，前后要二十四人抬着。材后送丧女宾，汽车共有四十五辆。从爱文义路过虞洽卿路、四而轩、新世界、一品香、爵禄饭店，沿途均有路祭。从十二匹顶马起，到送丧汽车止，差不多要走三四个钟头，据老瞧大出丧的人说，上海自盛公馆大出丧后，要算这温公馆第二个热闹了。

不料上海人自看了这空前未有的大出丧，便一传两，两传三地传到宁波乡下去，谁知却传到了温如玉的本生父的耳里。如玉的本生父名叫温阿土，原是南乡桃花渡口务农为生的。在二十年的前头，阿土还只二十几岁。一日，也是合当有事，阿土方从家里出门，荷着锄头到田里去工作，谁知走不到十多步路，他的耳中只听到一阵哇哇小儿啼哭的声音，阿土心中好生奇怪。因此循声而往，却被他发现在垃圾桶的旁边，果有一个才落地的婴孩。阿土心中好生奇怪，四周是静寂得一无声息，只有一个旭红的太阳刚从地平线上跳跃而出。阿土把婴孩抱在手里，一面暗自思量：我的妻子昨天因为阿狗死了，她竟哭得死去活来，连茶饭都不想吃。现在这个孩子弃在路旁，任他啼哭，我现在发一个善心，把他抱回去，叫阿狗娘养起来，就算是阿狗不曾死去。但阿狗乃是个男孩子，这个婴孩不晓得到底是男是女呢？阿土一面想，一面走，早已走到自己的门口，他便三脚两步奔进房中，口里笑嘻嘻的，对他老婆嚷着道：

"阿狗娘，你快不要伤心了，昨天你哭阿狗，现在阿狗又活转回来了。"

他的老婆一听，起初并不相信，后来见阿土果然怀中抱着一个小孩，便连忙跳下床来，把这个婴孩抱过去，仔细一瞧。谁知不瞧犹可，一瞧之后，直把她喜欢得什么似的，俯下头去，对准了婴孩的脸儿吻个不住。原来这个孩子真的面目有些儿像阿狗，她吻了一会儿，便抬头向阿土笑问道：

"阿土，你怎么会晓得阿狗会活了，怪道你早晨起得那么早，说给我找阿狗去，现在我阿狗因果然回来了。"

阿土听她这样说，忍不住笑道：

"你不要傻了，人死了哪里会活吗，我老实地告诉你吧，这是我早晨在路上拾着的。"

因把刚才怎样拾着的事告诉一遍，一面又叫她把小孩的尿布扯下来瞧，到底是男是女。阿狗娘连忙一瞧，果然是个男孩，阿土哈哈笑道：

"你再不要哭了，我不是赔还你一个阿狗了吗?"

阿狗娘听了，沉思一会儿，脸现不悦道：

"我不要，我还道是真的阿狗活了，阿狗是我自己养的，肚不痛肉不亲，我可不要他。"

阿土忽然听他老婆这样说了，心中倒是一怔，想了许久，突然计上心来，把嘴凑到她耳边低低说了一阵，把个阿狗娘喜欢得嘴也合不拢来，一时把这孩子又当活宝一样的珍贵了。

第二天早晨，阿土吃过早饭，便急急地赶到城里，走到周一民瞎子店里，拿出二百四十铜钿，叫周一民拣一个时辰八时，要拣得大富大贵，日后可以升官发财的好日脚。周一民听了，心中好生奇怪，便问阿土道：

"你要拣这个日子做什么用，你难道要拣了日脚去生儿子吗?"

阿土道：

"你且不要管他，我叫你拣个好日子、好时辰，你就替我拣一个好了。"

一民听了，微闭着眼睛，口中便即念道：

"正月大，甲寅，初五立春丁卯，二十雨水壬午。"

口中念着，指上又算着，过了一会儿，便睁开眼睛对阿土说道：

"今年戊午，我便替你拣了一个戊午年、戊午月、壬寅日、壬寅时，天德月德合局，文昌占禄。此命真是大富大贵，福禄绵绵。"

阿土道：

"这许多字，叫我怎样记得牢。请你还是告诉我年月日时辰好了。"

一民道：

"年月日就是今年五月十八日寅时，那你终可以记牢了。"

阿土听了，口中把今年五月十八日寅时重新念了两遍，记在心里，一面说声"先生，钱放在这里"，一面就回身辞别出来。阿土走出算命店，却并不回到家里去，匆匆向城中君子管教场走来。不多一会儿，到了一家大门口，他便进去，迎面见一个四十左右的男子，立在大院中的花架旁欣赏绣球般的月季花。阿土连忙抢步上去，口中喊道：

"五阿哥，好久不见了，你好吗？"

那人一见是族内的阿土，因也回答道：

"阿土弟，今天你怎么会进城来？今年的田稻好吗？"

阿土一面笑着，一面跟他走到书房里坐下道：

"今年的中心稻很好。我因为内人上两个月里产了一个孩子，明天乃是一百二十日，今天我进城来买些鱼肉，意欲回去祭祭祖。经过府上，我想顺便来五阿哥这里，请你替孩子取个名字，因你老人家是个有福的人，将来孩子也可沾些儿光。"

诸位你道这五阿哥是谁？原来就是二十年前的温五楼，那时他已在上海海品洋行做会计主任，每年暑天必回乡一次，和阿土排起来是族内的远房兄弟辈。五楼有田五十亩在桃花渡，乃是阿土代他耕种的，所以阿土也不时到五楼家中来走动。上次五楼家里有个佣人和阿土说起，主人因为太太不会生育，近来正在想找个螟蛉子。阿土听在心里，谁知昨天早晨，齐巧给他拾进一个小孩，他本来是想补阿狗的缺，谁知阿狗娘说肚子不痛肉不亲不要他，因此阿土就转念头到五楼身上去。不过五楼是个财主，岂要穷鬼家的孩子做螟蛉子。因此阿土想出一个计策，和阿狗娘商量，便真的冒认是自己儿子。一面到算命店中去拣个好时辰，算为这孩子的生日，因为他晓得五楼也是懂八字的，叫他自入圈套。当时附耳和阿狗娘说的就是这条妙计。

诸君不要瞧阿土是个乡下人，倒着实有些儿心思呢。这时五楼一听阿土生个儿子，来叫自己取名字，因向他问道：

"你这孩子是什么日子时辰生的？"

阿土一听，心想机会到了，便说道：

"是五月十八日吃早饭的辰光。"

说到此，便又向五楼假意问道：

"五阿哥，这是叫什么时辰呀？"

五楼道：

"寅卯不通光，五月天气，吃早饭时候，正是寅时。"

阿土乘此，便又忙问道：

"五阿哥，我晓得你也是懂八字的，请你给我算算看，这个孩子的八字，到底好不好？"

阿土还不曾说完，五楼早已扳起手指，暗暗念道：

"戊午年、戊午月、壬寅日、壬寅时，好一个格局，怎会有这样的巧事？这孩子长大起来，可真了不得，但是生在这样贫苦人家，真好像是麒麟关在牛棚里，岂不是可惜。"

他心中一动，早就计上心来，冷冷地对阿土说道：

"你这个孩子的八时，也没有十分好，也没有十分坏，不过是一个平常的八时。你明天倒叫你的嫂子把他抱进城来，送给我瞧瞧，我再替你取一个好的名儿，你看怎样？"

阿土起初听了，心中正在疑惑算命的八时拣得不好，后来又听他说要叫自己的女人抱给他瞧瞧。这其中一定自有些儿小道理，因也随便地答应道：

"好的好的，我明天一起和内人抱孩子来府上好了。"

五楼一听，心中却暗暗欢喜，一面又叫阿土吃了中饭回去。阿土道：

"不客气，明天来吃吧，今天我还要到市场买什物去。"

说着便站起来向五楼告别，五楼还亲身送到大厅前，口中不住地叫道：

"阿土弟，明儿早一些来。"

阿土满口答应，心里喜欢万分，过了二门，又出了大门，便

26

三脚并作两步地回到桃花渡去。阿狗娘见了阿土回来，不等阿土告诉，心里就急起来。原来阿狗娘小名叫阿琴妹，是个童养媳出身，虽是田家妇女，倒也生得白净可爱。阿土因此便非常爱她，因了爱她的缘故，便非常地怕她。今天她见阿土从城中回来，手里慢慢挈着一篮子鱼肉，脸上很高兴的模样。她心中也料到这事有八九分希望，所以不待阿土开口，先忙把篮子接去，笑盈盈地叫道：

"阿狗爹，事情儿办得怎样了？"

阿土道：

"他还没有说出，单说要叫你在明天把孩子抱着，和我一块儿到他家去给他瞧瞧，然后再替我们取个名儿。"

阿琴妹听了，心中便觉不高兴，瞅着他咕噜着道：

"这一些事儿都办不了，亏你做一个高大的汉子。明天叫我抱着孩子一同进城，我身上只有破烂的这一件袄儿，你瞧瞧倒像个什么样儿。你不怕羞，我可丢不下这个脸，我不去。"

阿土听她这样说，心中暗自盘算，觉得阿琴妹的话句句真是玉律金科，一些儿不错。五楼家中用着侍女仆妇和小大姐，各个差不多比自己女人体面，穿的都是绸绫，插的都是金银，像我这个样儿，真是见不了人。

阿土一面想，一面把手抓着头皮，怔了一会儿，忽然又走近阿琴妹的身边，笑嘻嘻道：

"我倒想出一个法子来。东村的王大嫂，她不是新做着一件品蓝的丝绸袄儿吗？你何不向她借穿一回，她的身材不是和你差不多高低吗？"

阿琴妹一听，便把身儿扭了扭，向阿土白了一眼道：

"你倒说得出，别人家的新衣服，她自己还舍不得穿。我怎好意思开口向人家借呢，我不去。"

阿土见她又是一个不去，心里倒急起来，因拉她一下衣角，一面赔着笑脸道：

"我的好琴妹，千不好万不好终是我的穷不好，但是失去了这个机会，实在可惜。现在我不要你自己去借，我代你去借了来给你，那你终好依我一同进城去了。阿琴妹，你要知道，五阿哥若要这孩子，将来我们的希望可大啦。"

阿琴妹听他这样说，便嫣然笑起来，瞟他一眼，也不回答，自管拿了一条鱼和一方肉到灶下去。阿土见她已经默许，心中十分快乐，便急急地赶到东村。只见王大嫂正坐在屋檐下晒着太阳拣稻子，他便开口叫道：

"王大嫂，你好。"

王大嫂抬头见是温阿土，她便忙也叫声：

"阿土哥，怎么你此刻倒有空呀？"

王大嫂一面说，一面早已放下稻子，站起来靠外面窗下的一张方桌上，倒了一盏茶，递到阿土的面前，口中还叫道：

"阿土哥，请喝一盏淡茶。"

阿土连忙道了谢，双手接过，一面笑嘻嘻地要向她开口，可是又觉得有些儿难为情，开不出口。王大嫂见他很局促的神气，因又向阿土搭讪道：

"阿土哥，你的阿土嫂好吗？怎么不叫她一道来玩玩呀？"

阿土心想，迟早终是要说的，快问她借吧，因便硬着头皮答道：

　　"大嫂，你不晓得，她因为明天要进城去，没有新的衣服，所以一早就同我吵嘴。我想大嫂是一个很四海的人，所以跑来跟你商量，意思要向大嫂借一件新的袄儿，暂时穿了穿，待明天下半天就好奉还的。"

　　王大嫂正要回答，忽听里面灶头上砰的一声响亮，王大嫂吓了一跳，因此要回答的话儿也就打断了。

　　要知王大嫂到底肯不肯借，且待下回再行分解。

第四回

立继书安排巧计
吞遗产抹杀良心

王大嫂慌忙往灶下去一瞧，原来是一双猫儿打翻了油瓶。王大嫂又好气又好笑，一面把猫儿逐出，一面把油瓶扶起，重新又走到外面，对阿土说道：

"我们像自己人一样的，这有什么要紧呢。阿土哥，请你等会儿，待我到房里就去拿出来给你。"

阿土见她果然答应，心里好像放下一块大石，弯着腰忙谢道：

"多承大嫂子这样美意，但是我终觉得有些儿不好意思。"

王大嫂笑道：

"哪有什么不好意思。常言道，远亲不如近邻。将来我也有求靠你们的事儿呢。"

王大嫂边说边到房中，走近箱子边，从里面取出新做的一件品蓝的袄儿。这时那头猫儿，偏又缠着王大嫂的脚儿，咪咪地叫个不休。王大嫂又骂了几声"断命猫，你给我的鞋儿要踏坏了"。说时，一面已用块布儿把衣服包裹好，拿出交给阿土说道：

"明天如回来得迟，你就不来还好了，改天不是也一样的吗?"

阿土接过包袱,便千谢万谢地感激,一面向王大嫂作别回家。王大嫂还远远地送到村口而回。这时阿土心中的欢喜,真是非笔墨可以形容得出。等他一口气跑回到家里,那阿琴妹早已把鱼也烧好了,肉也煮烂了,一碗一碗齐巧端着出来放在桌上。一见阿土手中拿着包袱,果然把新衣借来,心中方才高兴起来,含了笑容迎上去道:

"阿狗爹,王大嫂真的肯借吗?"

阿土笑道:

"王大嫂真漂亮,她一口答应肯借,这样好人,真也难得。你快去试试,腰身合不合适。"

阿琴妹连忙接过,奔到里间卧房,把袄儿穿上一试,觉得不大不小,绝不像人家借来。因忙又仍小心折好,一面暗想:等哪天我有了钱,一定也照样的做它一件。这时阿土早已坐在桌边,拿一只碗来去盛饭,却见阿琴妹从房中奔出来,笑盈盈地急忙将他碗拿下。阿土倒吓了一跳,只听她笑着道:

"你昨天不是剩有一斤酒吗?我已替你煨好了,你难道有了鱼肉,倒不想喝些酒吗?"

阿土给她一提,便也哈哈笑道:

"这个倒是真的,若不是你提起,我真个忘记了呢。"

说着,便把碗中已盛好的饭快快覆出,盖好盖子。阿琴妹这时已把酒壶提了出来,阿土慌忙接过,先筛一碗给阿琴妹,然后再筛在自己碗里。一面向阿琴妹笑道:

"你请坐下来呀。"

阿琴妹听了，觉得这样好日脚，只有和阿土洞房那天才有过，现在想起来，真好难为情，因羞答答地坐下。阿土见她脸儿红红的，一时也会意过来，因举碗向她笑道：

"来来，我们喝吧。"

两人都望着一笑，便对酌起来，一面把明天怎样进城去，到了五楼家中又怎样的说法，大家先练习一会儿。阿土很得意地道：

"明天五楼哥最好能够要这个孩子，那就可以向他要一二百元钱。我如果得到了这一笔钱，便先给阿琴妹做一套簇新的绸棉袄裤儿，那时你便可以时常到城里去玩。就是五楼的娘姨大姐见了，也不会笑我们寒贱相了。"

阿琴妹也道：

"那你也该做一件绸的长袍。否则我们一同出去，那成什么样儿呢。"

两人说到得意处，大家都笑起来。一面早已喝完了酒，各人又满满吃了两碗饭。阿琴妹把碗杯盏收拾到灶下去洗濯，阿土却把一根短短的旱烟杆捏在手里，慢慢地吸着，眼瞧着烟斗上一圈一圈烟儿向上直冒。阿土想着心事，那一双醉眼，早又朦胧地打起盹来。等他醒过来时，已经黄昏将近。他又逗着这个孩子玩一会儿，天早又黑下来，一宿无话。

次日一早，阿土担了一蒲包的芋艿，阿琴妹穿了品蓝绸袄儿，抱着那个孩子，两人便匆匆赶进了城。等到将近五楼的大门，阿土又再三叮嘱阿琴妹，叫她牢记孩子的生日是五月十八日那一天吃早饭的辰光。阿琴妹点头道：

"我早晓得了，哪里会忘记。"

阿土不敢再说，便指着前面道：

"阿琴妹，前面的就是了。"

阿琴妹抬头一瞧，只见前面一条大街，街上造着一个像庙宇似的大门，门两旁还竖着一对旗杆，局面非常伟大。大门内摆了一小桌，旁坐一驼背老人，那就是温府的看门人。阿土是不时往来的熟人，看门人是认识的，所以只点了一下头，并不阻挡。阿土欲让阿琴妹走在前头，阿琴妹见里面东是房子，西是房子，恐怕走错了被人笑话，因白了他一眼，意思叫他先走。阿土只好领路，走完一条很长的甬道，便是第二道大门。二门内是个大院子，接着便是第三道的一个月洞墙门，门内正面一个大厅。从大厅穿到东首厢房，早有一个小厮出来，一见阿土，便喊道：

"阿土哥，你来了，这个是你的嫂子吗？我们老爷在书房间里已等你好久了。"

阿土听了，连忙跟着小厮走到东边一间小小的暖房，掀起门帘，只见五楼和二姨太正坐在房内的红木的交椅上，二姨太的身怀里还抱着一只雪白西洋狮子狗。这个二姨太就是方氏，那时五楼嫡配吕氏刚才死去，二姨太讨了还不到三年，所以非常宠爱，更兼方氏年轻貌美、生性风骚，五楼更爱如珍宝。当时阿土连忙叫声五阿哥，又喊声二姨，一面回头又指阿琴妹知道，阿琴妹也忙一一见礼。五楼一面让座，一面问阿土道：

"这一位就是你的嫂子吗？"

阿土道：

"正是内人。"

33

二姨太遂抱过孩子，瞧着对五楼道：

"这个孩子额方耳大，人中也很长，倒是一个怪魁梧的人才。"

五楼一听，也连忙回头在二姨太手中把孩子打量许久，觉得煞是玉雪可爱，因便对阿土说道：

"老弟，这个孩子，我给你取一个'如玉'两字，我希望他长大起来，做一个金马玉堂的人物，你看好吗？"

阿土听了，满脸笑容道：

"但愿应着五阿哥的金口，那我温家才有希望。"

五楼道：

"我因为自己没有儿子，意欲在房下子侄当中挑一个像如玉一模一样的孩子，作为承继膝下，不晓得你的房下还找得出这样一个人吗？"

阿土一听，果然有些意思来了，因便假装不知道的神气，回答道：

"这个嘛，待我给五阿哥留心着吧。三房里是只有一个女儿，五房里一个孩子，今年倒已有五岁了，可是生成是个癞痢头。"

二姨太心想，人家说乡下人脑子最简单，这话真不错，老爷已经给他一个话因，他却听不出，因插嘴道：

"老爷既然喜欢这个孩子，就向阿土叔要了来，阿土叔难道会不答应吗？"

阿琴妹见五楼二姨太果然提起这事，也便假意做作道：

"这个孩子还只有四个月，一则恐怕太小，没有哺乳，二则也恐怕没有这样福气哩。"

二姨太道：

"这个倒不消顾虑，雇一个奶娘给他喂乳，还怕什么幼小。倒是嫂子怀了十个月的胎，不能让嫂子白辛苦一场的。我想叫老爷多给些儿金钱，横竖嫂子现在年纪正轻，阿土叔也是年强力壮，比不得我们老爷。说不定明年春天里，又要怀孕坐喜哩。"

这几句话正打在阿土和阿琴妹的心坎里，当下阿琴妹红晕着脸羞答答地道：

"既然二姨这样的说法，我们两人若再不答应的话，那也变成不识抬举的人了。"

五楼听二姨的话，心里正在惭愧，因为自己虽比阿土有钱，生儿子的本领，却是阿土来得强。现在见她听了二姨的几句话，果然答应下来，心里就又高兴了，便对阿土道：

"阿土弟，你可听见了吗？你的孩子，本来就是我的孩子，现在既然有过继的名目，但过继书倒必须要立一张。我瞧拣日不如撞日，就是今天我们立一张过继书吧。"

阿土道：

"随五阿哥的主意好了。"

五楼一听，便叫着小厮把外面账房百篇叫进来，叫他写张过继书，又叫阿土和阿琴妹都打一个押。一面叫账房取过五十元洋钿，送给阿土收下。阿土见只有这一些，心里大失所望。可是押已签好，又不好再反悔。后来还是阿琴妹对二姨太道：

"这个孩子自己养下来，也要花到不少钱。现在若仅只有五十元钱，恐怕我们回去还不够还债人呢。"

二姨太道：

35

"嫂子这话是真的，我给你去说，再添一半可好？"

阿琴妹和阿土听了，方才回嗔作喜。二姨遂又叫人到账房取五十元钱给阿土。这时外面已开进饭来，五楼、二姨、阿土、阿琴妹遂一起坐下，用过酒饭。外面又走进一个老妈子，向五楼叫道：

"老爷，荐头店里已陪来两个奶妈，要不叫她们进来。"

二姨道：

"快叫她们进来吧。"

一会儿老妈子带进两个年轻女子，倒也生得干净。二姨遂叫都留下，且给孩子吃了几天再说。阿土和阿琴妹见五楼连奶妈都已当即雇就，自己便携着阿琴妹向五楼作别回家。

从此以后，如玉便由人家抛弃的一个私生子，一跃而变为大财主温五楼的过继儿子了。这句话乃是二十年前头的事情，直到现在如玉长大娶亲，如玉不明不白的来历，这个事儿还只有阿土和阿琴妹两个人自己知道。现在阿土和阿琴妹都已精力日衰，想着如玉在上海过着快乐的好日子，本是早欲来申要求五楼帮助。为的是当时五楼说明，从此两人不许上门，这也是五楼为人的刻薄处，怕日后他们再来缠绕。现在突然听到五楼被盗打死，出丧又怎样热闹消息，阿土便和阿琴妹商量，当即动身到上海来了。

且说温公馆自从举殡出丧安葬之后，一阵忙乱，家下大小人等，早已把五楼生前的影像丢得一干二净，各人干各人心爱的工作。

我现在先要把吕少芹的工作表一表，少芹最要紧的工作，就是代温买办办理移交手续。这时接手的新买办，你道是谁？原来

36

就是温买办前一任羊买办的儿子，名叫羊宝雄，人家顺口都喊他宝宝。这因为他小时，爸妈溺爱的缘故，所以叫小名儿宝宝，后来亲戚朋友到羊家来走动的，也就都叫宝宝。因此直到现在，反把小名儿羊宝宝叫出了名。宝宝的爸爸叫羊季汤，当季汤做买办的时候，五楼还只是当行中的会计主任。这个海品洋行，先本是一个葡萄牙人名叫华尔的独力创办，独资经营。自从上海开埠通商，华尔就创了这个事业，逐年下来，倒也赚了六七百万盈余。因此海品洋行在上海方面，便置了不少的地产。那时羊季汤和温五楼是华尔最最信任的人，所有在上海的资产，都托羊、温两人一手包办。华尔自己每年往来葡萄牙上海两处，那时海运尚没有像现在那样发达，所以华尔每一趟来回，终要半个年头，因此遂升季汤为副买办，五楼为会计主任。这样久而久之，行中一切大权，就慢慢落到羊、温两人手里。季汤虽是一个精明过头的人，但有时什么事情也不免和五楼商量，因此把买办的权柄，逐渐地也分给了五楼。而五楼生性又是一个著名啬鬼，对待行中朋友，极其苛刻。因此行中同事，各个怨声载道，大家遂把羊、温两人取个绰号，一个喊他洋盘，一个喊他黑心瘟人。这样经营了二十年，营业便发达到极点，有一年华尔又回到葡萄牙去，照理隔开五个月，便要回到上海。谁知华尔这一去，不但隔了五个月不回来，就是等他一年两年、三年五年，也永远不转来了。那时羊季汤和温五楼暗暗商量道：

"华尔这个人，一定在外国死去，要不这许多年是不会不回来的。现在他遗下这许多财产都是我们两人管理，别人一个都不知道，我们两人就此把它分开拉倒了。"

五楼道：

"那么怎样分配呢？"

季汤道：

"我今天已查过账簿，共有财产七百五十多万。我的意思，先提出六百万，我和你三七照分，其余一百五十几万存在公中，算是你我两人合股营业，你瞧怎样？"

五楼一听，脸上便突然变色道：

"这样支配，未免太不公平，我情愿一个钱都不要。"

季汤见五楼不肯答应，遂也向五楼冷笑一声道：

"你虽然是个会计主任，我到底是个买办，哪里没有大小股吗？你不要心里不知足，六百万提出三成，就有一百八十万。你当会计主任就是当到头发白脚骨直，恐怕也还撑不到这个数目呢。现在我分给你三分，也是我的一片好心，你还争多论少，真是岂有此理。"

五楼给他这样一顿暴跳，心中仔细一想：他的话到底是也不错，但我和他虽然不能对分，但三七照派，终觉得太吃亏一些。如果大家硬下去，事情不免弄僵，因忙赔着笑脸道：

"季汤哥，你不要这样发急，我现在要求你，并不是想照股平分。行里的财产，除脱两百万是现款，其余统是地皮房产。地价有大小，房屋有新旧，季汤哥如答应我四六照分，我情愿把好的地产让给你，那你也不是所差无几了吗？"

季汤听他说出这层道理，心中暗暗思量，也觉得很不错，反正财产都是别人的，也就马虎一些儿。因此回嗔作喜，笑对五楼说道：

"既然老弟这样说法，彼此多年好友，终可商量。但这个事儿，第一要办得秘密，以后行中各事，你都依着我照办，我便准定依你四六照分。"

五楼笑道：

"这个当然。"

从此以后，海品洋行的财产，遂由华尔名下一变为羊、温两人的手里了。季汤由副买办升到正买办，五楼却依然做他的会计主任。其实内部分早开割过户，变为羊、温两人合资营业了。

这样的过了十多年，只见羊、温两人坐在大班间里，终日愁眉不展，一个唉声叹气，一个暗自伤心。这是怎么一回事，难道海品洋行亏本了吗？却并不是为了这个。原来季汤是叹着儿子宝宝终日狂嫖滥赌。五楼虽有了如玉承继儿子，因要想有个正种，所以又娶个三姨太袁遏云，谁知和二姨太一样不会生育，所以暗暗纳闷。季汤见宝宝这样不长进，倒给他想出一个法子，把宝宝关在一间书房里，房中堆满了许多白纸，桌上给他摆了一大叠碑帖，便对宝宝当面责罚道：

"你的年纪也不小了，天天东嫖西赌，不但浪费金钱，且也糟蹋身体。我现在把你关在里面，墙上只开个洞，预备递送茶饭，你坐在里面，给我静静悔过。你如要出来，你须把堆叠纸儿，统统给我写完，给我过目，方可把你恢复自由。这些纸儿哪一天给你写完，我便哪一天把你释放。"

宝宝听他爸爸这样说法，知道无可挽回，也只好收住野心，每天度他老和尚坐关的生活了。

要知宝宝何日释出，且待下回再行分解。

第五回

羊季汤禁幽浪荡子
天韵楼巧遇茉莉花

季汤把宝宝关在书房里，叫他戒除嫖赌，又叫他学习书法。这个方法真也亏他想得出，俗语说，江山好改，秉性难移，宝宝的秉性，生成是一个浪荡公子，他听爸爸对他说，只要把房中所堆的纸儿写完，便可把他放出，还他的自由。但自己一向不曾提过笔，提起笔来，实有千斤重的分量，真觉有些儿不高兴。所以头两天，宝宝想方设法推倒墙头逃出来，可是这个念头原是梦想，事实绝不能够成功。后来过了几天，他心里想：爸爸这次这样认真，如果把这些纸张不写完，想来是终身不能出去了。

宝宝这样一想，心里着实吃惊不小，于是在第五天那日起，他便开始从事写字的工作了。起先他写的是四五分大的字，后来他越写越心焦，越写越烦闷，他便把字逐日地放大，由一寸大直放到五寸大，写了几天，那纸还只有写去半令。宝宝眼瞧着满房中的纸儿，心里焦急得几乎哭起来，暗想：这么多的纸，若照这样写，不要说半年写不完，一年写不完，就是写了一辈子，恐怕也是个写不完，这事儿到底怎样好呢？宝宝关的房子原分前后两间，后面是给他睡的，这夜他在房中来回踱着，想来想去终想不出一个逃走办法，他不知不觉又踱到前间。后来他见笔筒里的笔，大大小小不下几十种，因此灵机一动，他就拣了一支最大的笔，一面走到窗洞边，伸头出去叫道：

"信儿。"

信儿是羊公馆的小厮，季汤叫他终日坐在窗洞外面，专门侍候宝宝要茶要点心的呼唤。这时信儿一听大少爷喊他，便答应着道：

"大少爷，你要什么呀？"

宝宝道：

"你快快给我磨一大碗墨水来，我要写大字哩。"

信儿道：

"大少爷，明天再写吧，整天整夜地写，身子也要紧呢。"

宝宝道：

"你且别管他，快快地磨来。"

信儿听他这样说，不敢再怠慢，连忙在窗外桌子上，给他磨了一大碗墨汁，递给宝宝道：

"大少爷，墨汁磨好了，你快接着吧。"

宝宝接过，放在桌上，遂提起笔来，把一全张的纸上，写了挺大的两个字，起初写得不成样儿，后来他越写越大，越写越有精神。这样写了几天，索性全张纸上只写了一个字，一天可以写去一令纸，一令纸差不多有五百张。现在房中堆着纸儿，足足有五百令左右，若一个月写三十令，也要写到一年多了。

从此他天天临帖写大字，写到后来，自己也觉得字有进步，笔势非常的雄健，因此写字倒也给他写出兴致来了。他便刻意地摹仿颜字啦、苏字啦、柳字啦。这样一些儿不间断地写,一直写到十个多月,瞧瞧堆着的纸儿还有一百多令,因此他又竭力地涂写。果然再过两月,便给他把所有的纸儿,统统地写完。他便吩咐信儿,快去报告老爷,要求爸爸恢复自由,并愿从此安分,决不荒唐。

季汤见他能够悔过,起初不信他纸儿都已写完,后来一瞧他写的字,都是和商店的招牌字一样大小,起初的字虽不成样子,但往后几个月,居然写得很好。季汤心里倒也暗暗喜欢,以为他从此悔过,真是我们羊门之幸。所以当时便把宝宝又大大地训诲一番,就放他出来。一面叫他每天早晨跟着上写字间去,到行里叫他管理地产部分的事务,一到四点钟,又叫他跟着一同坐汽车回家。不料这样同出同进,不到四个月工夫,那季汤便一病身亡。从此宝宝好像断开了铁链一般,不但心中并不伤心,倒反而觉得快乐。那海品洋行买办的位置,从此也就归五楼接下去。

谁知五楼做买办不到五年,凭空的竟又被强盗枪杀,那宝宝以股东地位的资格,便公推他来做新买办。好在宝宝是个极马虎的人,所以办理移交,全凭少芹一人,他不过大略点点库存,看看账款就算了事。因少芹是前买办的内侄,他便仍旧叫他当会计。其余行员见宝宝信任少芹,遂都来奉承少芹,送礼的送礼,请客的请客,少芹一概谢绝,不过可以帮忙处,自无不尽力。所以宝宝问起行员中谁勤谁惰,少芹回答都尚称职,因此行员也没调动,大家当然很感激少芹。

少芹见一天大事,业已完全平安过去,他心中便好像放下一块大石。那天他便跑到温公馆来,把移交的情形详细告诉表弟如玉知道。两人正在详谈，忽见家人来报，说外面宁波出来的老太爷和老太太，现在会客室中等着少爷。如玉、少芹一听，连忙迎着出来。诸位，你道如玉怎会晓得自己嫡亲父母？原来五楼到宁波不过半月，便要回到上海。那年过继了如玉，他和二姨太又回上海，如玉遂留在宁波。因此阿土和阿琴妹也偷着去瞧他，这样直到如玉十三岁，方才到上海来读书，阿土和阿琴妹还送他下船，因此如玉脑中就有个印象。这时如玉见了阿土和阿琴妹，遂先请了安，让他们坐下。少芹也来见礼，因为他们父子重逢，终有许多话说，所以不便多坐，遂先告别走了。

阿土夫妇不见如玉已有七年，现在见他长得一表人才、风流倜傥，心中喜欢得几乎落下泪来。如玉这时便告诉他们，爸爸怎样被强盗枪杀，二姨娘又怎样受伤尚在医院中。阿土也把家乡连年灾荒，怎样清苦，一一向如玉诉说一番。如玉听了，也动了恻隐之心，因说道：

"现在爸爸没了，宁波方面也要有个人前去照应，我想爹和妈也不用再到桃花渡去住了，就是住在宁波城中的屋里，一面也好照管一切。至于日常用度，就在收进的租米房产下开销好了。"

阿土一听如玉的话，心里快活得跟什么似的，连连答应。如玉又道：

"爹和妈到上海恐怕第一次吧，你们倘喜欢白相，就多住几天再回宁波好了。"

阿土夫妇见上海公馆中陈设，全是西洋家生，富丽堂皇，真是目所未睹。且马路上热闹，也是做梦都想不到，好似上了天堂，因此就欣然耽搁下来。如玉见两人衣服褴褛，好像是个叫花子，因忙喊小丫头陪老爷太太到两个浴室去洗澡，再叫账房里去购买衣服，从头到脚都换个全新，阿土夫妇心中好不快活。常言道，人要衣装，佛要金装。阿土夫妇在公馆没有几天，身上便焕然一新，居然真像是个温公馆中的老太爷和老太太。可是服饰虽然改换，但他们的举动谈吐，终是离不了土头土脑、乡曲寒酸的气味，引得家下大小仆妇个个暗笑。三姨太太和意心少奶虽觉得他两人可憎，但井水不犯河水，各管各的出外寻欢，差不多不常见面，就是见了面，也是阿土夫妇先叫应，她们不过点一下头罢了。

这天，正是一个星期的夜里，如玉又约着楚宝到小花园美云家打扑克去，三姨太和少奶奶也到大光明瞧戏去。阿土一个人坐在房中，心里也感到寂寞，因向阿琴妹道：

“我出去走一会儿，你要同去吗?”

阿琴妹打着哈欠道：

“我是要睡了。你自己去吧，但早些回来。”

阿土答应，遂独自一人，慢慢地荡到马路上去，心里想看戏，又想到游戏场去，一时委决不下，便慢慢向东走来。阿土怎么会认识上海路呢？原来如玉曾叫百篇伴他们到大世界、大新公司、永安公司去玩过数次。阿土把路径记在心里，所以今夜他自己出来玩了。他一直踱到日昇楼，只见马路上汽车、电车络绎不绝，又见橱窗里的陈列五光十色，屋顶上的霓虹灯，一会儿红，一会儿绿。这样车水马龙，直把他迷得说不出快活，那两只眼睛真也瞧得呆了。这时他已踱到天韵楼的门口，又见着许多漂亮的妇女，纷纷都走进去。他抬头一看，不觉自语道：

"哦，这里已到永安公司了。"

上次曾和百篇来过，所以阿土也想当内行，大着胆子，跟了人家去买票，乘了电梯一同上去。不料电梯中有一个女子，她的相貌真活像是王大嫂年轻时候，俏丽非凡，因此便呆望着她出神。谁知这个女子却是有名的淌白，名叫茉莉花。当时茉莉花见阿土曲头曲脑，十分乡气，瞧他服装，倒似乎很有些血。心想：今夜碰着了瘟生，倒是幸运儿来了。因也把两只俏眼秋水般地瞟着他，并向他嫣然一笑。阿土见这样时髦女人，居然向他含笑留情，这时心中的喜欢，早把灵魂儿被她勾引得六神没了主意。两只眼睛好像停住了一般，只管盯牢着她。茉莉花故意靠近他身子，踏了他一脚。阿土喔唷一声，茉莉花忙笑着连说对不起。阿土正要回答说不要紧，那电梯的门儿已开，众人都已出去，阿土也随着大众先走到影戏场里。这时影戏正在开演，里面十分黑暗，忽然觉得有人向自己衣袖一拉。阿土还道碰着了熟人，便问道：

"你是谁呀？"

只听那人回答道：

"我叫阿九呀。辰光已经不早了，请你到我家里去坐一歇吧，这个影戏是没啥瞧头的。"

阿土一听这声音，并不是个男子，却是个娇滴滴的女子，一时心中奇怪极了。正要开口动问，又闻到一阵香喷喷的白兰花，直冲鼻管；自己的手又被她紧紧捏着，她的脸儿差不多要偎到自己颊上来了。阿土觉得这是一个软绵绵、暖烘烘的女手，心里一动，浑身筋骨就酥麻起来。正要把她抱住，忽然心里想着百篇那天告诉自己的话了，这我一定是碰到野鸡了。百篇说上海公司里独多野鸡，这些野鸡都是苏州、扬州贫苦人家的女儿。有的被人拐出来，卖到堂子里；有的是要出嫁了，因为没有妆奁，故意到上海来做几趟生意。现在拉我这个野鸡，究竟是怎样的一个人儿，我倒要瞧瞧她，倘然是很难看的，我便骂她两句。阿土心中这样想罢，遂把手儿一摔，回身到有灯光的外面去。不料这个阿九却紧紧拉着他走，口里还柔声叫道：

"先生，搭什么架子，便宜些好了。"

这时阿土已回身到影戏场门口，谁知门口又站着一个女子，正是方才在电梯中遇见的。她一见阿土被一个少女拉着，便又朝着阿土把秋波一瞟，微微露着雪白牙齿嫣然一笑。那时阿土回头过去，见拉着自己的，乃是一个唇红齿白，两颊好像桃花的两瓣，正是一个二十不到、十七八岁的少女。身上穿着一件百蝶绸的旗袍，窄窄的身材儿，配上这华丽的服式，鲜艳夺目。这样美丽的姑娘儿，不要说乡村地方从来不曾见，就是宁波江北岸要算最最闹热地方，恐怕也还是少有出现。但是被她这样拉着，终觉不雅，因对她笑了笑道：

"你快不要拉住我，倘然被我儿子瞧见了，怪不好意思的。"

阿九听他说出这句话来，以为他的儿子真是一同来，因此倒也把手放了。一面仍旧暗暗地跟在后面，口叫：

"先生，去不去啦。"

这时茉莉花见此情形，早又笑盈盈地跑到阿土面前，故意把屁股扭了扭，卖弄她的风骚。阿土见茉莉花穿了一件元色丝绒的旗袍，手中提了一只黑漆的皮匣，脚上长筒丝袜，黑漆高跟革履，外罩一件咖啡色的海虎绒大衣。看上去年纪虽然大一些，但也不到三十岁，脸儿上施了薄薄一层香粉，却没有血红胭脂涂着，云发卷曲，耳鬓旁还戴着一副白果大的珠环子。阿土因刚才电梯上人轧，没有仔细看，这时瞧来，觉得她的服饰更加华贵，想来这个人一定不是野鸡，恐怕是好人家的姨太太。

我从前听见西村里张阿毛的儿子在上海一家绸缎店里学生意，曾经给一个姨太太看中意，后来听说阿毛家里开销都是他儿子一叠一叠钞票带回来，阿毛儿子的钞票，又都是这个姨太太送给他。可见得上海地方，只要是你的运儿好，便有意外的钱财可得。我今晚不要碰到了人家的好姨太太，她现在既很有意思地对我笑，我岂可失掉这个好机会。记得上个月，我因穷得饭也有一顿没一顿，阿琴妹叫我去算个命，问运道到底儿时会好。那瞎子不是说我今年年底一定可以碰到贵人，而且说不定还要交桃花运。这样看来，是句句要应着他的话了。阿土这样想着，他便弃了阿九，反跟着茉莉花的后面，气得阿九拼命骂曲死、杀千刀、揩白油。

茉莉花见阿土跟在身后，知有八九分的意思了。因又不时地回过头来向阿土盈盈笑，一面穿过宁波摊簧的场子，娉娉婷婷地走到楼上去。阿土也不即不离地跟着上楼。不料这时从楼上下来的游客非常多，阿土走得慢，一转眼之间，早已不见茉莉花的影儿，而自己又被众游客挤在半扶梯上。好容易竭力挤上去，走到文明戏场口，正要走向里面去瞧瞧，忽然身后有个人把他的衣袖轻轻一拉。阿土回过头来一瞧，不是别人，原来就是电梯中碰到的这个姨太太，只听她笑盈盈地说道：

"我等你好久了，里面挤得很，我们不如坐在这儿谈谈吧。"

阿土见她这样多情，竟和自己说起话来，他满心以为一定是碰着奇遇了，因也笑对她道：

"这里白相的人，真比宁波老江桥头还多。"

说时，两人已并肩坐在文明戏场最后一排空椅上。茉莉花拉过他手，笑盈盈叫道：

"先生你是宁波哪里人呀？"

阿土听了心中好生奇怪，怎么我是宁波人她怎的晓得呀？因打量她一会儿问道：

"你怎知我是宁波人？"

茉莉花咯咯地笑道：

"你不认识我，我倒是认识你，请问你贵姓呀？"

阿土道：

"我姓温，正是宁波桃花渡温家。"

茉莉花噗地一笑道：

"温先生，你有个少爷有没同来呀？"

阿土这时越加奇怪了，怎么她还晓得我有个儿子呢？茉莉花见他呆望着自己，因又抿着嘴笑道：

"你儿子如没同来，你不妨到我家去坐一会儿。"

阿土道：

"你府上在哪里，你的贵姓能告诉我吗？"

茉莉花道：

"我姓王，我家就在太原坊，离此不多几何路。"

原来阿土对阿九说的话，她早听在心里，所以便问阿土有没有个少爷，是否同来。这时，阿土见她殷勤相劝，要请自己到她家去，便一口答应，以为才到上海，就有这种奇遇。茉莉花见阿土答应，正是鱼儿上了钩，心里欢喜万分，遂挽着阿土臂儿离开座位，双双乘电梯下楼。

要知阿土到了茉莉花家里，闹些什么笑话，且待下回再行分解。

第六回

酒绿灯红畅游艳窟
更深漏尽醉闹香巢

阿土跟着茉莉花出了天韵楼，向西朝南一连转了好几个弯，只听茉莉花向他说道：

"前面一条弄堂就到了，你想不是很近的吗？"

阿土把头一点道：

"正是近得很。"

说时，两人已进弄堂，只见里面一连有好几个石库门，大门上油着深乌的黑漆，上面都钉着白铜的环儿，水门汀雨夹雪的门框子，气派很大。茉莉花走快一步，顺手推门进去，里面乃是两间一厢的房子，客堂间上面供着一座神龛，座前还烧着一炉檀香，壁上挂着四幅锦屏。两房摆着一堂大座，当中一张圆台面。厢房的门关着，里面电灯却是点得很亮，似乎还有打牌声音。阿土见客堂陈设，果然好像是个公馆模样，心中暗喜。

这时茉莉花已走到扶梯口，一手把电灯开亮，一面又叫阿土当心走好。阿土见她这样多情，一面答应，一面已跟她上楼。只见步梯口迎着一个老妈子，她见茉莉花同一个客人上来，慌忙打起厢房的门帘，口中还喊"太太回来了，这位大少请走好"。阿土见她家用人也极有礼貌，心里更加喜悦，见这个厢房分为两间，后间铺着一张半铁床，旁边有张梳妆台。阿土还要瞧时，茉莉花已请他到前间，只见里面四壁全用油漆粉刷，壁上挂着几张镜框，里面都是茉莉花小影。其中一张全身放大的，茉莉花娇躯婀娜，盈盈含笑，叫人见了真是爱煞。上首铺的是张克罗米梗子半床，上面悬着一顶紫罗纱蚊帐，罩着床的四周。床前摆张梳妆台，台上摆架最新式的自鸣钟，两旁还有不少的化妆品。对面一口三块玻璃的大橱，大橱下首靠窗口一张红木台子，两旁两把红木椅子。靠南百叶窗面前，又是一张红木炕床，窗口雪白的帷幔，真是又干净又富丽，和五楼家中差不多。阿土心中想：这个王太太一定是好人家的姨太太无疑了。这时茉莉花把大衣脱去，老妈子又倒了一杯茶，送到炕床面前，向阿土叫声"大少爷用茶"。茉莉花也跑过来，笑眯眯叫道：

"温先生，你怎么不坐呀？这儿地方小，真是见不来客。"

说着便坐到炕床上去，阿土因也在对面坐了。老妈子从后房又递来一高脚盆的西瓜子。茉莉花遂抓了一把，送到阿土手里，问着道：

"温先生，你天韵楼是常常去吗?"

阿土道：

"不，我是刚从乡下出来的。"

茉莉花道：

"那么你是耽搁在客栈里吗?"

阿土心中一想：古语说得好，逢人须说三分假，我不该老实告诉她，况且在上海地方，更是万万不可以说出真心话。因也随便答道：

"是的。"

茉莉花殷殷又问道：

"你夜饭啥场合吃的，此刻肚里饿吗？"

阿土道：

"今晚有个朋友请我吃大菜，此刻饱得很。"

茉莉花道：

"你的大少爷在哪里办事呀？"

阿土道：

"他在洋行里办事，住也住在洋行里的。"

茉莉花笑道：

"那么你刚才为什么和那个女子说和儿子一同来呢？"

阿土笑道：

"你不知道，这种女子容貌虽好，身上却不干净，如果和她搭上手，包叫你出毛病，所以我诳她的。"

茉莉花暗想：这曲死倒也内行。因附和着道：

"温先生这话真不错，终要轧个有情有义的女子，那才对，她们是只要你钱呢。"

阿土听了，正中下怀，因也问道：

"王太太，你府上有几位小少爷呀？"

茉莉花道：

"我是没有儿子的。"

阿土道：

"那么丈夫呢？"

茉莉花假意叹着道：

"我丈夫在日，也是洋行买办，可是现在已经死了，剩下我一个人，你想不是很可怜吗？"

阿土心中想：我的眼光很不错，她果然是没有丈夫没有儿子的寡妇，怪不得要到外面来找个男人做伴。这样看来，上海地方女人，十个倒有九个喜欢嬲姘头的。阿土想到此，忽又暗想：她既说家中没有人，楼下厢房怎的有打牌声呢？因忙问道：

"王太太，楼下厢房里是谁在打牌呀？"

茉莉花笑道：

"温先生，我因为丈夫死了，一个人住，房子太大，所以楼下厢房给我出租了。"

阿土道：

"我在这儿，他们会干涉吗？"

茉莉花笑着拍他一下肩道：

"温先生真是老实人，上海场合，谁来管谁呢，就说有人问，我说你是我娘舅，还怕人家放个屁吗。我孤零零一个女子，正缺乏一个人来管理财产，温先生这样老实，我倒很有意思呢。"

阿土一听这话，实情实理，真是万分喜欢，深信不疑，胆子也慢慢大了，闲话也多了起来。诸位，你要明白，这幢房子终要住着三四户人家，不是私娼就是淌白，或者向导社，他们故意装作公馆模样，实行欺骗乡曲的地步，房中家生也都是专赁木器的店里借来。茉莉花瞧阿土脸上很得意的神气，遂叫老妈子拿瓶葡萄酒，又叫拿出肉松、熏鱼、皮蛋、青豆四碟小菜，摆在红木台子上，一面拉阿土手到桌旁坐下，笑着道：

"温先生肚子不饿，先喝口酒吧。"

一面便握着酒瓶，倒了满满两杯葡萄酒，一杯递到阿土面前。阿土暗想：她怎么知道我喜欢喝酒的，这真是前世的姻缘了。因忙笑道：

"王太太，你这太客气了，叫我心里怎过得去呢。"

阿土说时，又闻到这阵酒的香气，几乎把馋涎都滴下来，一时心里又想着王大嫂年纪轻轻的时候，虽然脸儿和这位王太太一样吹弹得破，但究竟没有住过这样华丽的房屋，穿过这样富贵的服装。二十年前，我见了王大嫂，好像猫儿见了鱼，终是垂涎欲滴，可是却想不到手。谁知二十年后的我，居然能够对着比王大嫂还要美丽的女子一块儿喝酒，这真是我前世修来的福气。茉莉花见他呆呆坐着，因又夹了一筷子熏鱼，送到阿土面前，笑道：

"温先生，你怎么不喝酒呀？"

阿土听了，方才提起杯子，先喝了一口，觉得满口香甜，比绍兴老酒还要好吃万倍。一时心中大乐，便一口一口地喝着，越喝越津津有味，斜着醉眼，也向她涎着脸儿，笑问道：

"王太太，你今年多少年纪了？"

茉莉花笑道：

"你问我吗？我已是一个老太婆了。"

阿土道：

"你是好像春天的桃花，怎么说老呢。"

茉莉花道：

"那么你倒猜猜看。"

阿土道：

"我猜你最多不过二十四岁。"

茉莉花笑道：

"这你猜错了，我是二十岁头上出嫁，今年已整整二十七岁了。"

阿土忙道：

"真吗？我猜你二十四岁，还是猜得大了些儿，若照你的容貌儿瞧起来，实在还只有十八九岁好瞧呢。我们乡村地方，十七八岁的姑娘儿我也瞧得多了，若和你王太太一比，哪里及得来王太太嫩面呢。"

茉莉花见他这样赞美，心中自然快乐，一面又殷勤劝酒，只见阿土已有七八分醉意，因移过身子，低低说道：

"温先生，你今晚不要回去吧。"

阿土听了，脸儿更加像喷血猪头一般红，同时闻到她颊上一阵粉花香，心里摇摇便不由自主，笑着道：

"我的好太太，多承你这样抬爱，叫我怎样报答你好呢？"

阿土说出这句话，一时又想：今晚若不回公馆去，别人倒不要紧，我那阿琴妹一定是要急出病来了，不过我若不答应这个王太太，我心里又怎能舍得离开她，难道温柔滋味不要尝，倒要回家去睡冷被窝吗？想到这里，忽又暗暗自语道：

"不要紧不要紧，我是睡在账房里的，阿琴妹她睡在楼上，明天我若早一些儿回去，她又哪里能够知道我睡在外面呢。"

阿土这样一想，他就大着胆子预备睡在这儿了。茉莉花见他说了这句话，又好像疑惑不决的神气，因把她的颊儿偎到阿土脸上来，笑吟吟道：

“温先生，我们已变成自己人，还用得着报答吗。那么我们去喊两碗鸡丝面来充了饥，早些儿睡吧。”

说着，便对准了阿土的脸儿，喷地吻了一声，阿土经她这一吻，全身觉得软绵绵，头脑有些混淘淘，便对她笑嘻嘻道：

“王太太，你真爱我吗？”

茉莉花瞟着他笑道：

“我当然爱你，不爱你还留你干吗。”

阿土道：

“今夜我叨扰了你，明天我来请你的客。”

茉莉花见他允许，便叫老妈子喊鸡丝面去。一会儿面已叫来，茉莉花还要劝他再喝一杯酒。阿土道：

“喝够了，明儿再喝吧。”

两人匆匆把面吃完，那梳妆台上的钟，已经敲十一点了，老妈子拧上手巾，把碗碟儿收拾出去。茉莉花递给阿土一支烟卷，一面又把床被儿折好，卸去耳上的牛奶珠环，坐在床沿，把手向阿土招招，阿土便走到床前。茉莉花又把手向床沿一搭，叫他并肩坐下，一面伸过手来，给阿土解开纽扣。阿土自从出娘胎以后，从来不曾尝到这样温柔滋味，这时顿觉心旌摇摇，好像身儿恍恍地在云端里头，一切听凭茉莉花的摆布。茉莉花既把阿土长袍脱去，突见小棉袄里，有皮夹子一扣，匣内藏着很饱满的钞票，茉莉花早又笑盈盈地叫道：

“温先生，你皮夹里是有多少钞票藏着呀，我给你锁到梳妆台的抽屉内去吧。”

一面说着，一面早把皮夹打开。阿土一见，意欲伸手来夺，既而一想，人家是何等的漂亮，我若是显出小人家气，不要被她见笑吗，因便任她去瞧，口中还笑道：

"今天不曾多带，没有几个。"

这时茉莉花已把他的钞票点过，却整整的是十张簇新中国银行十元头钞票。阿土这些钞票，是前天如玉叫账房给他零用的。阿土因舍不得用，所以一张也没有兑开，可怜这时便到了茉莉花的手里，轻轻地锁到梳妆台的抽屉里去。阿土这样爱钱如命的人，竟会服服帖帖把整百洋钿交到茉莉花手里，可见女色的魔力比金钱的魔力还要强上一倍呢。阿土偷眼一瞧，见她把抽屉抽开放皮夹时，里面还藏着黄澄澄的一副金镯、亮晶晶的两只钻戒。一时心中暗暗欢喜，以为她的确是一个好人家的太太，所以他便一百二十个的放心，哪里晓得这些金镯钻戒都是城隍庙里买来的人造金西贝货呢。茉莉花既把抽屉锁好，又把他的长袍挂到衣钩上去，一面又回头笑盈盈地叫道：

"温先生，你先睡吧，我就来了。"

说着，她又把自己的旗袍脱下，阿土睡在床上，只见她里面露出一件杨妃色软缎的小夹袄，窄窄的腰身儿，胸前突着两个高高的奶峰，下身穿着一条短短肉色的绒裤，一双肉色的丝袜。这样妖娆动人的意态，正是从未见过。阿琴妹年轻时虽亦称俏丽，若和她相比又差得远了，一时心头别别乱跳，恨不得把她一口吞下，迫不及待地叫道：

"王太太，当心着了冷，快钻到被洞里来吧。"

茉莉花一听，便咯咯地笑着，跳上床来，钻入被内，把被儿掩着脸儿，紧紧地搂着阿土身子，低低地问道：

"你冷吗？我给你偎着暖暖怎样？"

阿土见开着电灯，怪不好意思，便又叫她把电灯熄了。茉莉花笑道：

"你不喜欢亮吗？那我就给你关了吧。"

说着，伸出手来把床上的开关关了，这时两人躺在床上，各人有各人的想头。茉莉花想：看不出这个阿土倒竟有这许多的现血，我今夜里可要特别地显些功夫出来，给他得到一些甜头，那么明天我就不怕他不把这十张新钞票全都给了我。阿土也在想：今晚我碰到这样富有的一个美人儿，说不定明天她还要送我一些儿好东西，可惜我是个就要回宁波去的，不然倒是一个人财两得的好机会。两人既这样胡思乱想，所以一个竭力地奉承，一个也竭力地讨好。这时两人的情景，作者颇难形容，只好写着两句歪诗来代表吧，"贴胸交股情偏好，拨雨撩云兴转浓"。

欢娱嫌短，好景不常，没多一会儿工夫，阿土和茉莉花早已沉沉地睡到黑甜乡里去，不料两人搂抱着还睡不到一个钟点，那门房外忽然有人砰砰擂鼓似的敲起来。这时茉莉花和阿土正睡得非常酣畅，猛可被这敲门声音惊醒，茉莉花还道是强盗抢，一时心中大吃一惊，那上下排的牙齿便咯咯地相打起来，把身子缩成一团，尽向阿土身怀里钻过来，两手把阿土的身子搂得紧紧的不肯放松。

阿土见她吓得这个样儿，一时也没了主意，还道她故意如此。因为阿土这时又想着了百篇的话：啊呀，这事真可糟了，我今夜不要碰到了仙人跳吗，百篇那天曾告诉我说过，上海有一种女人，看看蛮像人家的姨太太少奶奶，每晚淌在游戏场里，专门

58

勾引有钱的男人到她的家里去，单等睡到半夜，她便预先叫一班流氓敲门进来，假扮是丈夫回家，那时一个做好，一个做恶，不但敲人的竹杠，还要把上当的男子剥了衣衫，痛痛地打了一顿，驱逐出门。现在看这神气，果然半夜敲门，而且她紧抱着我不放，倘如把我真的打起来，赶我出门，那时深更半夜，冻出毛病还不要说他，叫我明天怎样回公馆去见人呢。阿土想到这里，心中的害怕，几乎吓碎了胆，连忙狠命地把茉莉花推开，意欲跳下床来，向外逃走，不料掀开被儿，突觉自己身上还是一丝不挂，因又找出小衣，慌忙穿上，跳下了床，把电灯开亮，开门出去。

不料门儿才开，即闻到一阵酒气，接着便见一个醉汉直跌进门来，砰的一声，早已扑倒在地上。阿土还道是来捉他，忽然见他倒地，心中奇怪，仔细一瞧，正是不瞧犹可，这一瞧直吓得魂不附体，原来这个醉汉却是自己儿子如玉。阿土以为自己一夜不回，被他寻到此地，所以阿土见了如玉，比见了流氓强盗还害怕，一面回身抢了架上的小棉袄，连长袍子也不及穿，早已踉踉跄跄一溜烟地逃出门外去了。这时茉莉花也忙穿上小衣，一听砰的一声，以为强盗开枪，更加吓得不敢出来，后来还是老妈子起来，高声喊道：

"大小姐，温大少喝醉酒来打门哩。"

茉莉花一听，方知不是强盗，心里放下一块大石，连忙下床拖鞋来把如玉扶起。一面叫老妈子倒茶，一面又向老妈子打暗语道：

"走了吗？"

老妈子道：

"已不知去向。"

茉莉花这时方始大喜特喜，因为阿土的皮夹是稳稳已经到了手。诸位你道如玉怎样会到这儿来呢？原来如玉和茉莉花认识已有好几个月了，今天晚上他和楚宝本来是在美云家打扑克，后来就在美云家消夜吃点心，他一口气竟喝了半瓶白兰地，因此喝得酩酊大醉。他和美云本也是老相好，如玉因为要美云迷住楚宝，所以自己情愿牺牲。美云是个性欲健将，见如玉送一个唇红齿白的童子给她，她自然乐意伴了楚宝睡，如玉还叮咛美云要多玩楚宝几次。一面自己坐车到太原坊来，因为一路上被风吹，神志更加昏糊，当时见茉莉花房门紧闭，所以拼命乱撞，幸而阿土逃得快，如玉不会瞧清楚。这时如玉给茉莉花扶到床沿坐下，又醉眼迷离问道：

"好妹子，你为什么睡得这样早呀？"

茉莉花笑道：

"你在哪儿喝醉了酒，竟醉得如此厉害，你的腰儿可有跌痛？你说辰光早，你瞧瞧钟已经两点半了呢。"

这时如玉酒略清醒，一瞧时候，果已不早，因不说什么，抱着茉莉花到床里，要干风流工作。茉莉花这夜，身子竟分给了温家的父子两人，真也是桩笑话大事。

要知阿土怎样回家，且待下回再行分解。

60

第七回

情无别用专为献媚
孽由自作一病缠绵

且说温公馆的二姨太，自从给美仁医院的院长马平伯钳出子弹后，她便静静地住在医院里，服药调理，光阴似水般流去，忽忽之间，不觉已有两个星期多了。那天晚上，二姨太服过药水，倚在床栏独自望着窗外的一轮皓月悬挂在碧蓝的天空，想起来五楼被盗开枪情形，并感到自己身世的可怜，一时酸上心头，便暗暗叹息，深深垂泪。正在百无聊赖、独自伤心的时候，突然间一个人推门进来，口中还不住地喊道：

"二姨太，你今天晚上身体是怎样了？"

二姨太抬头一瞧，见进来的人不是别人，正是自己家里的西席卜士仁先生，因也遂招呼道：

"卜先生，你又来了，我真很感激你，天天要你早一趟晚一趟地来瞧我。他们这一班真不是人，都是黑良心，我病了这么许多天，家里人一个都没来瞧我一趟，倒还是少芹这孩子有心眼，昨天曾来过，他说星期日他有空，别的日子是忙得很。我想如玉这小子，天天闲在家里，有什么要紧事在干呢，难道连一些儿空都抽不出吗？还有三姨太、少奶，她们心里是最好我也早一些跟

61

着老爷死了，让着她们好过快活日子。卜先生，你想我的话儿有冤枉他们吗？"

这时站在床前的士仁，听她滔滔说出这一大套话，无非是又在生气着他们这班人不来瞧她，自己在二姨太的心目中，就是一个最多情的人，心里好不得意，因忙想些话儿来劝她道：

"二姨太，你的身体才好些儿，怎么又要东想西想气他们了，他们的行为当然是错的，但是你自己的身子也要紧呀，你不要再气出病来吧。倘然不想明白些儿，那时内病外病可真不是玩的。"

二姨太听他这样说，心里着实感激，一面连连点头，一面伸出手来，拍拍床边，就叫他坐在床沿旁，又恨恨地骂道：

"倒是天有眼睛，我虽伤了，老天爷却偏偏不叫我死。"

士仁见她叫自己坐在她床边，心里这一喜欢，全身骨节几乎都酥了，狗颠屁股似的，一面就大胆坐下，一面却笑嘻嘻地叫道：

"二姨太，你不要想来想去再说这些话了，还是我来告诉你两个笑话给太太解闷儿吧。"

二姨太睃着他道：

"你有什么笑话？"

士仁笑道：

"我讲出来，包叫太太笑弯腰。就是那乡下来的这个老太爷，昨晚上不晓得他到什么地方玩去，直到午夜还没回来，那乡下来的这个老太太，她便急得什么似的，声声口口要我们替她找去，你想上海这样大的地方，叫我们到哪一处去找好呢。她见我们没一个肯替她去找，她便急得哭起来，坐在账房间里不肯走。我们想叫少爷和孙少爷劝劝她，齐巧两人都不在公馆里，三姨太和少奶奶也都瞧戏去了。"

二姨太听到这里，冷笑道：

"她们天天在外面逛吧？"

士仁道：

"有几夜还没回来。"

二姨太忙道：

"昨夜呢？"

士仁道：

"没回来，直到今天早晨才转来。"

二姨道：

"她们瞧戏竟瞧全夜的吗？真是不要脸的贱人。"

士仁忙赔笑道：

"好太太，你又生气她们了，真是我不好，笑话没讲完，倒反又引太太生气。"

二姨太噗地一笑道：

"那么你讲下去吧。"

士仁道：

"后来直到两点三刻钟光景，门上阿二方才听到有人叫门，好像是个老太爷的声音。谁知开门进来一瞧，却并不是老太爷，乃是一个身穿短袄褂的粗人，赤着两脚，连鞋子都没有穿，阿二恐又是强盗，连忙把半开的门儿，砰的一声仍又关上。只听那人又大声叫骂着阿二是猪猡，怎么把老爷关出门，阿二还道流氓敲诈，心里吓得别别乱跳，连忙到账房间里来告诉我们。我和百篇

63

听了，倒也吃了一惊，那时乡下老太太却停止了哭声，跟着我们到门上来，只听门外的人又大声叫道：'阿二，你快开门呀，我是被人家剥猪猡哩。'这时乡下老太太一听，当然是听出老太爷的声音，忙叫阿二去开门。等到阿二把门再开出去，大家把门外那人仔细一认，原来正是一些不错是个乡下老太爷。当时我们见他长袍没有了，大帽也没有了，连袜子鞋子都没了，身子已冻得四肢冰阴，因忙让他走进账房，一面拿衣服给他穿，一面倒茶给他喝。总算把他冻僵的身体暖过来，后来我们大家问他在哪里玩，衣服怎样被人家剥去，剥衣服的强盗有没有手枪，你的身体有没有给他打过。他听了我们的话，十句里头回答不出两句，只见他的脸上一会儿红，一会儿白，这种样子令人见了真要发笑。乡下太太心里就恨起来，不管三七二十一，走上前去，便吧嗒一个耳刮子，先赏给了乡下老太爷。一面又拍脚地骂道：'你真是老糊涂老变死了，我关照你早些回来，你却到这时才转来，这么大年纪，又不是三岁两岁的孩子，跑出去一趟就闯出祸祟来，就算衣帽儿给人脱去，怎么袜子鞋子也会给人家脱了，你的袜子又不是值千金值万钱的，这个事情一定是你说谎话，你在外面一定赌输了钱，你难道还不晓得上海地方比不得乡下，输了钱你就拿衣服去抵一抵，现在你这个样儿回来，真是连我也给你丢尽脸皮了。'这时老太爷的脸儿，红得好像血喷猪头，他见他女人唠唠叨叨什么话都骂出来，还动手打他，遂慌忙也分辩道：'我真是给人抢去了，我实在并没有去赌，况且我不是个老上海，什么地方有赌场，我又哪里知道呢。'这时乡下老太太早又呼的一声站起来，好像一只雌老虎，走到老太爷面前，伸手向他小棉袄袋内

64

一抄，又大声地骂道：'那么你身边这一个新皮夹子和一百元钞票呢？难道也给抢了吗？这个钞票就是我们经济人的性命呀！你连自己的性命也被人家抢了，唉，你这个老变死还是去跳黄浦好吧！'"

这时二姨太听士仁说得有声有色，形容出活像一个怕老婆，遂也忘了气闷，忍不住咯咯地笑起来，一面又问士仁后来是个怎样的下场。士仁笑道：

"后来我同百篇两人做好做歹地劝她上楼，说是时候已不早了，太太请你明天再讲吧。乡下老太太道：'别的我都不管，只要他把这一百元钱交出来，就万事全休，否则我的性命也不要了。'那时百篇又劝她道：'老太太，你也真责得太过分了，强盗他原本只要抢皮夹和钞票，哪里要你衣服，剥衣服一定是在深更半夜没有巡捕的时候，那他才敢剥呢，不过他要抢老太爷的袜子，这也真稀奇极了。'阿土这时听了他话，便灵机一动，装出愁眉苦脸的样子，向百篇叫道：'百篇兄，你不晓得，他抢我袜子是有道理的，因为你前几日给我一百元钞票都是簇新的十元头，我因不舍得用，故而把它藏在袜筒里，这原是防一个不留心被扒手摸得去，哪里晓得扒手倒不曾碰到，竟碰到了这个强盗。他一抄我身上没有钱，竟抄到我袜筒里去，所以这一百元钞票就被他抢去，他还骂我是个老上海，险些错过机会，因此又罚我衣服剥去，袜子鞋子也脱去，我虽然求他，他说不请你吃生活已经客气了。'阿土说了这一篇谎话，倒把三人都有些相信了。百篇点头道：'这事儿也许是有的。'一面又劝着乡下老太太道，'只要老太爷身体没有什么，那只有一百元钞票是不要紧的，明天账房里我再付一百元钞票给老太爷另用好了。大少爷那里，我会代说的。'乡下老太太一听百篇又答应她再给一百元钞票，因此也就收篷，没有再哭，对百篇只说这一百元钞票要交给她的。一面又向老太爷道：'你要另用问我来取，本来整百洋钿带在身边，是多么危险呢。'老太爷吓得一句话都不敢回答，连连点头。那乡下老太始回楼上去睡。太太，你想，这一出笑话不是滑稽透顶吗？"

二姨太一面笑，一面还要向他问长问短的时候，只见医院里的看护小姐早又进来给二姨太倒药水。士仁连忙离开床边，看护小姐取出三包药粉，服侍她吞下，一面又对二姨太道：

"今天院长已经说过，太太的伤口早已合拢，现在已经不要紧了，太太如喜欢回去，明天就好出院哩。"

二姨太道：

"我本来住得怪厌闷，院长既说可以出院，明天请卜先生叫阿二开汽车来接我吧。"

这时看护出去，士仁又来床边坐下道：

"好的，明天我准定和阿二一道来。"

二姨太道：

"只不过又要劳你的驾，你这人真比我这个如玉孩子还要有心。"

说到这里，觉得不对，把他和如玉相比，当他是我的什么人了，因红晕着脸，瞅他一眼。士仁这时瞧来，真觉无限娇媚，哪里还当她是四十几岁的人，好像十七八岁的姑娘一样。因耸着肩膀，奉承着笑道：

"二姨太，你说哪里话，我们吃东家的饭，哪一事儿可以不在心上呢，况且二姨太待我比我自己的妈妈还要好，我又哪里可以不死心塌地地出力嘛。"

二姨太见他果然比妈妈起来，觉得士仁真是小心识趣，一时心中又感激又喜欢，瞟着眼儿笑道：

"你怎么喜欢比方妈妈呢，阿要罪过吗？"

卜士仁笑道：

"那么叫我怎样比方呢？"

二姨太笑道：

"你不好说像姐姐待弟弟一样好吗？"

士仁一听这话，高兴得不知如何是好，笑眯眯道：

"我有像太太这样的姐姐，我死也情愿。"

二姨太哧哧又笑起来，从此以后，二姨太把士仁就当作一个心腹人。两人柔情蜜意地讲着话，枕边的金表倒已经指在十点半了，二姨太因道：

"卜先生，时候已经不早了，我看你快回去吧，不然恐怕要看乡下老太太的样儿，不是又闹出大笑话吗？"

士仁一听，也哈哈笑道：

"你放心，这我是从来也没有碰到过。"

士仁说着，便站起身来，向她作别，二姨太还伸出手儿来和他握了握，士仁见自己念头已经有些转到，便满心欢喜地回公馆去。二姨太等他去后，心中静静地想：老爷现在是没有了，公馆里的事情应该是我做主了，我因病了这许多天，那乡下阿土两口子，竟赶到上海来摆他们老爷太太的架子了。老爷在日，阿土本来是不许他上门的，明儿我回到家里，定要好好地整顿一番。就是三姨太遏云和少奶意心，她们实在也太似瞧不起我了，现在老爷早已出殡安葬了，公馆还有什么事情，她们竟然一趟都不来瞧我，她们心眼里哪里是还有我这个人吗？她们既这样无情，我又何必一定要当她是老爷的姨太太、老爷的少奶呢？二姨太这样地想了一会儿，好像明天回家要大大地向她们闹一回样子。

再说阿土自回到公馆，给阿琴妹大闹一顿，还挨着了一个耳刮子。那晚睡在床上，一会儿怨恨阿琴妹太野蛮，不该当着众人拆自己台；一会儿又暗暗庆幸自己枪花掉得好，不然她驳我强盗为什么要抢我两只袜子，我竟要被她驳得闭口无言，幸而我的接口令快。总算百篇仍旧答应还我一百元钞票，但是却被断命老太婆拿去了。一会儿又想：王太太待我这样要好，昨夜的快乐，真是从生以来也没有过，但是昨夜冻冷的苦楚，实在也还只有第一次。现在想起来，冻冷苦处似乎已经忘记，那王太太给我甜甜蜜蜜的拥抱，此刻心头倒好像还有些痒痒斯斯。我实在还要去一趟，一面就问问她，这如玉孩子怎么也会到她家里来，还有我藏在她处的一百钞票，也得向她取回。但她的公馆到底是在哪一条马路，我现在实在再也认不得，这事儿又不好问如玉的。若不去了，不但我凭空损失，而且这位王太太还一定要怨我没有情义呢。想到这些，阿土便再也睡不着，次日呆呆坐了一天。直到第三天午后，他正要起身，不料身子晃晃，一阵眼花头眩，再也不能动弹。原因是阿土惊吓了后，出了一身冷汗，又受夜深风寒，所以隔了一天，寒热就大发作，不能起床了。

这个时候士仁已陪着二姨太从医院里坐着阿二汽车回家，三姨太遏云和少奶意心，带着曼曼、盼盼早已迎到客厅门口。大家招呼问好，二姨太便也问问家中事情。这时，二姨太丫鬟娉娉已来扶她到楼上，士仁却也跟在后面。二姨太一见房中凄凉景象，壁上还挂着五楼平日的一张半身照片，照片下的铜钩上又挂着一根司的克和大呢帽，见物怀人，心中便觉无限酸楚，因此二姨太坐在沙发上，便眼泪鼻涕地大哭起来。士仁见她哭得这样伤心，站在旁边遂也陪着淌泪。二姨太见士仁还没有下楼，而且也陪着自己哭，一时心中深深感激，倒反收束泪眼，亦不再哭。娉娉忙拧手巾给她，一面又去倒茶，二姨太见房中无人，方欲和士仁谈几句体己的话儿，突见房门外又匆匆走进两个大衣革履的女子。女子见了二姨太，便高声喊道：

"我的好太太，我是多么的记挂你呀！今天你果然出院了，真个是天老爷保佑的。"

二姨太抬头一瞧，见叫她的不是别人，正是平日里来惯的老爷两个干女儿，小脚阿金和蓝桥别墅，因也忙起叫道：

"难为你们，前趟要你来送老爷入殓，又要你来送出丧。我自从和老爷中了子弹，我以为今生终没有再和你们见面的日子了，谁知今天我倒又好起来了。"

小脚阿金道：

"太太是福人，自然是不要紧，你怎么说这话呢！"

这时娉娉便递上三杯热气腾腾的玫瑰茶，一面把小脚阿金、蓝桥别墅大衣拿过，二姨太又递过两支烟卷。三人正在谈得起劲，只见如玉和楚宝携手上来。士仁一见，便忙溜到楼下去，二姨太一见如玉，便问在哪里去了。如玉道：

69

"和宝儿在外面买些东西。"

二姨太便也不说什么了。其实如玉那夜在茉莉花家睡一夜，次日又到美云家玩一天，还只有今天这个时候回来呢。蓝桥别墅拉过楚宝道：

"你爷爷死了，以后你该好好听二婆婆的话才是。"

楚宝笑着点头，二姨太望着楚宝道：

"宝儿的脸色很不好，有什么不舒服吗？"

如玉听了，向楚宝丢了个眼色，楚宝道：

"我没有什么。"

如玉不便多站，一面留金小姐、朱少奶在此用了饭去，一面携着楚宝下楼，齐巧碰着百篇。百篇便说"前天晚上老太爷被人家剥猪猡，抢去一百元钞票，现在我又代付一百元还给老太爷了"。如玉点头道：

"好的，现在老太爷呢？"

百篇道：

"老太爷受了吓，又受了寒，现在正病在账房间里。"

如玉道：

"给他请个医生瞧瞧吧。"

如玉一面说着，一面又同到账房间里来，只见阿琴妹坐在床边，还噜噜苏苏地抱怨他自己作孽。如玉见阿土昏昏沉沉神气，口中还不住地呓语，一会儿又好像是在喊王太太。如玉奇怪道：

"不要是碰到什么晦气了，我瞧先给他许个愿，烧锡箔吧。"

要知阿土的病体究竟如何，且瞧下回再行分解。

70

第八回

别出心裁招向导员
挖空脑筋吃跑狗票

百篇一听如玉吩咐,叫他给老太爷请医生,还要给他禳解年灾月晦,他便鸡毛当令箭,立刻先着人去请名医夏荫轩,一面又着人到吴鉴光处代老太爷问卜禳解。一会儿医生先到,诊过脉息,阿琴妹急问要紧吗,夏医生说受了风寒所致,谅不要紧,便开好方子。如玉送医生出门,嘱阿琴妹道:

"妈,爸的病谅来是无妨碍的,你老人家不要急,好生陪伴他吧。"

说时,连打哈欠,也急忙回房去睡,因为下午还要请羊宝宝吃花酒去哩。这里百篇又叫人去撮药,下人正在忙碌,那吴鉴光处也有回话来了,说老太爷月建不利,应要去作法禳解。百篇道:

"既然如此,你就叫他包办好了。"

仆役道:

"赵先生,他要一百二十元,才肯用十二个道士,步罡踏斗诵经,上天表保平安呢。"

百篇道:

"你快快再去同他说吧，公馆里不论用钱多少，只要人好就是了。"

仆役一听，便又慌忙到吴鉴光那边去了。

再说小脚阿金和蓝桥别墅，陪着二姨太用了饭后，三人在房中又谈笑一会儿。二姨太因乏力欲睡，两人便又到三姨太遏云房中来，遏云连忙让座，一面向蓝桥别墅问道：

"朱少奶，你前儿说要办一个向导社，现在究竟办得怎样了?"

蓝桥别墅道："那么你说和我合股，到底怎样啦?"

遏云笑道："我不是早已答应你了吗，怎么现在还要来问我呢。"

蓝桥别墅道：

"我是本来早要进行的，后来因为公馆里出了事，所以把它压下来，现在若要马上成立，那也并不是个难事，只要我们先定了一个名称，一面登报招男向导员十名、女向导员十名，这样还怕它不发达起来吗?"

三姨太道：

"那么究竟定个什么名称好呢?"

小脚阿金插嘴笑道：

"我来给你们取一个吧，现在外面已经有的，一个叫明月向导社，一个叫曼丽向导社，都取得很响亮，社员也非常发达，营业更是进步得一日千里。我现在给你们也取个很漂亮的名儿，就叫甜蜜向导社，这个意思就是，表明社中的社员，各个都是甜甜蜜蜜的人儿，预备人家叫起来，没有一个不喜欢的意思，你们想怎样?"

蓝桥别墅和遏云听她取出的名称,大家都不禁咯咯地笑起来。这时曼曼倒了茶,立在旁边,遏云因止了笑,叫道:

"曼曼,你正经还是给我去请卜先生上来,说我有事和他商量。"

曼曼一听,便答应下去。蓝桥别墅道:

"你去请卜先生来,那是再好也没有了,他到底是念书的,我们等他取好名儿,还要叫他再起一个登报招聘的稿子呢。"

遏云道:

"不错,卜先生的才学是很好的。"

两人正在说着,只听步梯响着,房门外早推进曼曼和卜士仁来。见了三姨太,便很恭敬地行了一个鞠躬,一面又向蓝桥别墅、小脚阿金打个招呼。遏云叫他在靠窗旁的椅子坐下,一面对他道:

"卜先生,我请你上来和你商量两件事儿,一件叫你取一个名头,一件请你起一个稿子。"

士仁忙笑着道:

"可以可以,但是太太要取的是什么名头和稿子呢?"

蓝桥别墅道:

"这话正是,你真也是个糊涂人。卜先生,我告诉你吧,因为三姨太和我要创办一个向导社,所以叫你取个社名,还有社里要招聘男女向导员各十人,所以又要你起个登报招考的稿子。"

士仁一面听着不住地摇头,一面又沉吟了一会儿,问道:

"这个向导社可就是两位出资办的吗?"

遏云道：

"不错，只有我们两个股东，阿金姐姐她另有事业，她是不在内的。"

士仁道：

"这样我就给你们取一个云桥向导社吧，这'云桥'两字，就是暗暗合着两位的芳名，说起来字面上也很不错。外国人办一个剧场或是跳舞场，往往就用自己的人名来做剧场的名称，这就是很多很流行的，况且两位的芳名又很漂亮呢。"

蓝桥别墅听了，早又拍手笑道：

"到底是卜先生想得出，阿金姐要给我们取'甜蜜'两字，那真是要肉麻死人哩。"

遏云听说，抿着嘴儿，又哧哧笑起来。这时门帘掀处，忽又走进一个少妇，笑嚷着道：

"啊哟，你们真好有趣，怎么都在这儿，怪道我东找西找都找不到人，笑些什么啦，快说给我听听呀。"

众人抬头，见是温奶奶王意心，曼曼正欲站起来倒茶，小脚阿金便早笑盈盈地对她叫道：

"少奶奶，你不要理她们，她们有她们的正经，我们还是一道玩跑狗去吧。"

说罢，便站起拉着意心，也不管她赞成不赞成，早拖着一道往楼下跑去了。蓝桥别墅见小脚阿金已去，因催士仁快起登报稿子，遏云又递了一支雪茄给士仁，口中还笑吟吟叫道：

"卜先生，你先替我们办了这事儿，说不定将来还有许多的事儿要借重你的大力，你替我好好儿帮个忙，往后我一定重重地酬谢你。"

士仁见三姨太竟亲自递烟给自己，一时受宠若惊，慌忙站起接过，一面又赔着笑脸叫道：

"三姨太，你这是算什么话，我们自己人也值得这样客气吗，况且替三姨太做事，那更是理所当然。"

遏云见他奉承自己，心中也高兴。曼曼已拿火柴给士仁划了火，士仁徐徐把烟吸着，心中真有说不出的得意。一会儿，他便提起笔来在桌上的砚台里按了按，又不住地摇头问道：

"三姨太，你们社址是定在哪儿呀，这是登起报来第一个要紧问题。"

蓝桥别墅一听，便回头向遏云道：

"这个社址，我想暂定扬子饭店三楼三百六十四号，因为那个房间，我们差不多是长包开着玩的。"

遏云点头道：

"很好，不过还有个问题，就是倘然有社员见了报，要来报名的，我们叫哪个同他们接洽呢？难道我们两人亲自出马吗？"

蓝桥别墅道：

"这个当然是要另外用人的。"

三姨太遏云道：

"那么我想就请卜先生一手办下去，你看怎样？"

蓝桥别墅道：

"卜先生如肯答应，我们是一样要用人的，这当然是再好也没有，恐怕卜先生抽不出空吧。"

士仁一听，忙笑道：

"不要紧，我这几天是空得了不得，因为侄少爷教书的时间已缩得很短，正在感到没有事干，若蒙两位如此抬爱看重，鄙人自当竭力效劳。"

遏云抿嘴笑道：

"这样真是再好没有，我们就请你当社内的账房好了。"

士仁听了，心中乐得什么似的，暗想：平日之间，三姨太是没有机会和她亲近的，此刻她们既叫我当社内账房，则将来接近的地方一定很多，日子久了，还怕不能上了手，这真是一个绝好的机会。因此向两人谢了又谢，一面便去拟稿。不多一会儿，那招请社员的广告，早已拟就。他便站起，双手送到遏云和蓝桥别墅面前，一面还读给两人听道：

上海云桥向导社招请男女社员启事

本社现拟招聘男女社员各十人，凡在二十五岁以下，品貌端正、口齿伶俐、身无嗜好，对于向导服务，素有经验者，请于本月四日起，携带四寸半身照片一张，来社报名。一经录取，待遇优厚，酬给从丰。有志者请从速报名，额满截止。特此谨启。

社址：扬子饭店三楼三百六十四号。

遏云和蓝桥别墅听士仁念毕，两人都咯咯地笑着道：

"卜先生拟的稿子真不错，我们想就是这样好了，那么就请卜先生送到上海各报馆去登了再说。"

士仁道：

"这稿今晚送去，明日早晨一定都可以登出，但是扬子饭店三百六十四号那边，我明天必定要去等候他们了，因为假使有人来报名，而还没有人和他们接洽，那不是要闹成笑话了吗？"

遏云道：

"明天请你八点钟先去，我们极迟十点钟也一定到的。晚上你到报馆送稿去，顺道先到招牌店定做招牌两块，大概用蓝底白字好了。"

遏云一面说一面从黑漆皮夹内取出钞洋一百元，伸手交给士仁，叫他即刻就去进行。士仁连忙接过，一面答应是，一面便带了稿子，向两人作别，匆匆下楼去了。

原来，三姨太遏云自从五楼亡故之后，心中便闷闷不乐，昨日特地打电话给蓝桥别墅，叫她到家里来谈天。今天蓝桥别墅又去约小脚阿金，两人同到温公馆。这时小脚阿金和王意心已到跑狗场去，两人遂又把云桥向导社开办一切，细细地磋商了一会儿，这两个人并不是缺少金钱的人，而且都是有身价的太太，但为什么要去办这个向导社呢？这其中也有一个缘故，因为她们浪漫成性，借旅馆，上咸肉庄，现在都已玩厌了，因此她们便又别出心裁地办出个向导社来。办向导社的宗旨就是，两人挑选青年子弟，名为招聘社员，实际上便是充自己的面首，两人看似社中的大股东，其实就是社中的大主客。这是五楼生前待人刻薄，所以死后便有些儿小小的报应。现在且把它按下慢表。

再说小脚阿金拉了意心就跑，意心笑道：

"忙什么，让我去穿了大衣才好走呀。"

小脚阿金因又伴她到房中披上大衣，两人方始跳上汽车，叫阿二开到跑狗场去。不到一会儿，汽车早到逸园，意心吩咐阿二，汽车自管开回公馆去。这里小脚阿金买了两本预测，分一本给意心，一面向她衣袖轻轻一拉，两人遂匆匆地跑上大看台，向四下里仔细地瞧了一瞧。有没有熟的相好在这儿。原来她们虽然到跑狗场来玩，其实醉翁之意并不在酒，所以东瞧西瞧只管卖弄她们的风骚，把狗一些儿也不放在心上。人家见她们妖形怪状，现出十二分风流俏丽模样，引得青年子弟个个像苍蝇见了糖一般地盯牢着，暗暗都把她们当作叫春的猫儿，评头品足，便不约而同地嬉笑着。她们一见有人向她们调情，心中不但不怒，反觉得意，因此更加卖弄风骚，一会儿指点狗儿咯咯地笑弯了腰，一会儿又把小小的金粉盒儿打开，拿着粉纸向脸上擦个不休。小脚阿金的心里，欲借此找寻几个熟客到自己场子里去帮帮忙；意心的心里，欲找几个俊俏的小白脸换换自己的口味。因此两人反而一点都不觉得自己带着穷凶极恶的神气。这时场上的狗，一匹已经跑转，只听看客们轰的一声，大叫"三号第一，三号第一"，那台上的看客早已像潮水般地往台下拥去，有的已经买着领款去，有的虽然买不着，还想买下趟票去。意心和小脚阿金到此，方才觉得自己还并不曾买过票，小脚阿金乃对意心道：

"我们也要买票去了，你瞧买什么号码好？"

原来意心和小脚阿金两人都不大识字，对于跑狗虽然常常来玩，但并不专心研究，好像打四门摊，猜猜青龙白虎，进门出门老宝的。她们手里虽然也照样拿着一本预测，但不过是装装样子的。这时意心听小脚阿金问着，她便不假思索地在皮夹内取出五十元钞票，交给小脚阿金道：

"你替我去买十张三号，这次三号，下次一定也是三号，老宝一定会着的。"

小脚阿金接了钞票，便匆匆到买三号票子的柜上去，一面在袋内又掏出十元钱，跟着意心也买三号，遂买了十二张三号独赢。这时外面场上电兔起步的钟声已敲，小脚阿金连忙急急跑上台去。谁知阿金姐的脚真也小得可怜，等她跑上看台，那场上的狗早跑到终点。意心抬了头满望着是个三号，不料三号偏偏不争气，竟在半路上跌了一跤。这次跑出第一的狗，乃是六号，狗的名头是叫温丁司。她想：这次老宝不出，下趟我偏要再追一趟，终有一趟给我追出的。意心正在暗自想着，小脚阿金扭着屁股还只有走到面前，见狗已经跑完，因把票子递给意心，一面又急问买到没有。意心哪里还高兴再接她票子，摇头道：

"买不着，不是老宝，是个六号，你可有买六号吗？"

阿金道：

"我也跟着你买老宝，这样说是大家都没有中了。"

意心道：

"我想这次我再托你买一百元六号，仍旧买它个老宝。"

说着，又在皮夹内点了一百钞票交给阿金。阿金心里想：这个钱真输得来冤枉，怎么我还没有走到台上，这样一大叠簇新钞票却已经变成二十二张废纸了，可见跑狗真比打花会还难。今见意心又叫她买一百元六号独赢，她心里便觉得有些舍不得，因此接票在手，意欲劝她少买一些，既而心里忽生一计，便点头答应，笑盈盈地又走到楼下去。她见步梯上不要的纸票散乱满地，内中尤以绿色的最多，阿金不管什么，她便俯身捡起绿色废票，把它们一张一张叠起来，点了一点票数，齐巧是二十张。她把这二十张绿色废票，叠在手里，一面也不去买票，一面也不再上看台，把身子只管立在扶梯口头，专等场上钟响，有人下来，便可以问他跑出了几号。一会儿，果然有三五个人匆匆下来，阿金连忙向他们问几号，一个人边走边答道：

"是六号。"

小脚阿金一听六号，心中大吃一惊，暗想：这真是天晓得的，我不给她买，不料她倒真的老宝来了，这可怎么好，我只有回绝她买不着票子完了。这时上面又有许多人下来，都说买六号的真倒霉极了，只差半个头，现在评判员已经评三号第一了。阿金一听这趟第一并不是六号，却是个三号，这时心中一喜，真有说不出的快活，她便急急跑到意心那里，叹了一口气道：

"怎么这个六号竟这样不争气，已经是跑第一了，还给三号抢了去。"

意心见小脚阿金手中拿着一大叠绿色的票子，一时心中恨起来，便伸手抢过来，哧的一声，早已撕成两片，掷到地下去。小脚阿金见她撕得爽快，心中很是欢喜，一面还对意心说道：

"我本来也想陪你买五张，后来因为来不及摸钞票所以没有买，现在倒变成反省下我二十五只洋了。"

意心不服气，还要再买时，只见迎面走来一个俊俏面庞的少年，身穿西服，脚踏革履。他见了小脚阿金，便笑盈盈地喊了一声干娘，又问是什么时候到的。小脚阿金也回叫了一声"小李，你也在这儿玩吗"，一面又向小李给意心介绍道：

"这位是温少奶，是我的干弟媳妇，这个是李伯音，是我的干儿子。"

伯音听了，慌忙脱下呢帽，伸手过去，叫声温少奶。意心一见，只得把手中的钞票放进皮夹内，和他轻轻一握，秋波瞟了瞟，嫣然一笑道：

"阿金姐，我们这个断命狗也不要买了，还是到别的场合去玩会儿吧。"

小脚阿金听了，心想：我今天却靠着断命狗跑不出，倒反进账九十元洋钿呢，现在钞票已落袋内，巴不得意心有这一句话，因忙笑答道：

"那么到外面去吃些点心，或者到我家里去打牌玩也好，这跑狗真比航空奖券还难着呢。"

伯音道：

"跑狗本来也是夜里好玩，而且适合在热天的，干娘此刻如不喜欢在这儿玩，我们就一道到干娘家打牌去好了。"

意心见小李也答应同去，一时喜上眉梢，眸珠一转，抿嘴笑道：

"那么我们就一起走吧。"

伯音被她这样秋波一瞟，魂灵几乎跟她出去了躯壳，两眼就盯住不放。小脚阿金见此情形，知道我的干儿子今夜温少奶一定要借用一用了，心里很是喜欢，因搀了她的手笑道：

"那么走吧。"

于是三人出了逸园。

要知后事如何，且瞧下回再行分解。

第九回

意马心猿寻面首
眠花宿柳比蜜蜂

　　小脚阿金的住宅，是在三马路西平乐里二弄十二号，她开着的一个堂子就在本里第一弄二号，二号的后门齐巧对准十二号的前门，所以从二号的晒台上瞧到十二号的客堂楼和前厢房，是没有什么不可以瞧到的。那天小脚阿金和意心在逸园跑狗，遇到了干儿子李伯音，小脚阿金见他们两人有些意思，所以叫到家里打牌去。当时三人匆匆出了逸园，见门外恰有汽车一辆停着，小脚阿金遂拉了意心跳上汽车，小李也跟着上去，坐在意心的身旁，一面把车门砰的一声拉拢。车夫问明地址，那车便呜的一声开去。这时意心一心只对着伯音，也无暇和小脚阿金谈天，暗中却把右腿慢慢挨到小李的左腿上来，那双秋波只向他斜睨，两人正在眉目传情。不料事有凑巧，车身这时忽然转了一个弯，意心便装腔作势乘此把整个的娇躯倾斜到伯音的怀里来。伯音是个花丛老手，心里焉有不明白的道理，因此也乐得揩油，连忙用力将她身体抱住，鼻子还凑到意心粉颊上去细细闻香，口中连说有累痛没有。意心红着脸，含笑说没有，一面也就索性半偎着他。小李见温少奶这样垂青，心中乐不可支，口中也就少奶长少奶短地拍

82

着马屁。小脚阿金坐在旁边，情知两人已在投机入港，她索性把眼睛瞧着马路，尽让两人去做鬼戏，装个不见不闻模样。等到车子开到虞洽卿路平乐里口时，那意心和伯音的调情早已调得来滚瓜烂熟。小脚阿金道：

"到了。"

伯音一听，方才觉得，连忙拉开车厢，先把意心双手扶下，再来手扶小脚阿金。等小脚阿金跳下汽车，意心早已付去车钱。三人遂走到十二号门口，就有老妈子前来开门，接上楼去。先在厢房里坐一坐，老妈子送上茶来，小脚阿金道：

"你快到客堂楼去拉台子分筹码，我们要玩骨牌哩。"

老妈子答应一声，便匆匆到客堂楼去，这时小脚阿金又站起来道：

"你们两位坐一会儿，我到前面再去找一个搭子。"

伯音、意心听了，都含笑点头。小脚阿金遂蹬蹬地一溜烟到二号里去了。二号里住的共有两家，楼上一家，楼下一家。楼下的外面挂着三块牌子，一个叫巧云，一个叫巫云，一个叫楚云。楼上的就是小脚阿金铺的房间了，她挂着的牌子是叫翠娜书寓。翠娜今年已有十九岁，唱得一口好青衣，拉得一手好胡琴，她的房间就在统厢房的大房间。她有两个妹子，一个叫翠娜老八，一个叫翠娜老九，老八今年十八岁，老九才十六岁，都是生得千娇百媚，惹人喜欢。

老八老九都是唱须生的，有时她们姐妹三人合唱《武家坡》《四郎探母》，真可称是珠联璧合。这三姐妹自悬牌应征以来，真个是其门若市，生涯鼎盛。

小脚阿金把她三人当作摇钱树、聚宝盆一样地看待。她因是自己手中已挣了不少钱，所以对于二号里一切事情，统统托给二阿姨绰号叫大屁股阿林的作为代表。阿林年纪三十零些，对于客人应酬，真是面面俱到，所以客人来看，无不个个称赞。小脚阿金她不过每天到二号里来转一趟，就算了事。此外她就寻了相好，到十二号里去自找快乐。今天她到二号里来，一则是照例文章，二则是叫大屁股阿林做个麻雀搭子，因为此刻辰光很早，还不到叫局吃酒的时候。谁知走到步梯口上，便听有阵笑声，从客堂楼中送出来。阿金遂掀开门帘，一脚跨进去，早见阿林和一个中年男子，面对面地横躺在炕上。阿林笑盈盈地正在给他装好一筒烟，把枪嘴横过去，口中还低低叫道：

　　"潘大少，你现在倒吸吸阿灵呀。"

　　那男子正欲接过，忽听有人进来。他便连忙回头望去，一见阿金，便咦咦笑起来道：

　　"说起曹操，曹操就到。"

　　阿金见是熟客潘友声，因也满脸堆笑地走上去，叫道：

　　"潘大少，真个有好几天没来了。我是记得来，今天一定是在玉皇大帝面前请得假了。"

　　阿金说时，便老实不客气地一屁股坐到友声的膝踝上，一面给他把烟斗对准了火头，一面又问阿林道：

　　"八囡、九囡到哪儿去了？"

　　阿林道：

　　"刚才在这儿谈天，现在想都跑到七囡那里去了。"

　　友声把手捏着阿金的腰肢，笑问这几天生意可好。阿金假意叹声气道：

"潘大少，吃这碗断命把势饭，真也不要吃了，生意实在清淡，大少阿好请几个朋友来打一场扑克。"

友声笑道：

"你不要客气了，平乐里谁不晓得翠娜老七，是个一等的红倌人。平常些的客人，不要说想吃一盏酒办不到，就是要想做几个花头，恐怕也挨不着房间有空呢。"

阿金听了，把手向友声大腿上轻轻拧了一下，扭着身子笑道：

"潘少，你又要说我们笑话了，我们老七不是也全仗你捧场捧红的吗?"

友声将她拉到怀里道：

"我瞧老七还不及她娘呢。"

阿金笑道：

"我老了，还有谁欢喜呢?"

友声笑道：

"我就欢喜你的老资格。"

说得阿林也哧哧笑。三人正在调笑，忽见十二号里老妈子在门外叫道：

"太太，温少奶等着打牌，叫你快些儿去。"

阿金一听，便忙坐起来，笑道：

"真的，我竟忘记他们了。"

说着，回头又向友声叫道：

"潘少，你今天有没有空呀？我家里今天来了一个女客，她喜欢打牌，尚少一个搭子，你阿好给我凑一脚。"

友声听是女客，便一口答应。这时烟已抽完，阿林递上手巾，友声擦了一擦，便站起身来。小脚阿金向阿林关照一声，便拉着友声急急出了后门，往十二号的大门来。阿金刚走上楼梯，只见意心便在客堂楼门口高喊道：

"阿金姐，你好叫人家老等在这儿，你自己倒和相好聊天去。"

意心话未说完，忽见阿金身后还跟着一个陌生男子，一时心中倒又不好意思起来，两颊上泛着两朵红晕，便很快地先退回房中去。阿金咯咯地笑着，一面连连抱歉，一面又替大家介绍道：

"这位潘先生，倒真的是我十多年老朋友。他打牌的脾气真要算是上海第一个好人。这位是温少奶，虽然是大家第一次见面，但她是生成个性情豪爽的人，有些扭扭捏捏的男人，恐怕真及不来她一根汗毛哩。"

大家给她都说得笑起来，一面点头招呼，阿金又向伯音招手道：

"小李，快过来，你们也初会，大家认识认识。"

小李友声因也握了一阵手，问过姓名。这时意心又埋怨阿金不该叫人久等，阿金轻声笑道：

"我叫小李给你做伴，你难道还寂寞吗？我怕你们谈不畅快，所以多耽些时候，我的好奶奶，我这样护全你，你怎么还抱怨我呢？"

意心啐了她一口，便嫣然笑起来，一面要拧她嘴。只听友声叫道：

"两位别闹笑了，我们要开始登场了呢。"

阿金听了，方拉着意心走拢来。友声遂扳位入局，伯音问打多少底，阿金道：

"都是自己人，大家打些东道吃，我们就玩一回十元的二四吧。"

众人听了，都说很好。意心和小李齐巧是东西对坐，阿金和友声南北相向。友声坐在小李上家，阿金坐在意心上家，男女成个斜角。一时四人洗牌砌牌、打桩扔骰，便就噼噼啪啪开始雀战了。不说他们静静地玩，再说二号里阿林，见友声给阿金邀去打牌，她便收拾烟具，匆匆到大房间来。只见老七拉着胡琴，老九坐在老八怀里，三人正好像是个快乐天使般地快活着。老九口中问着：

"你把王公子比作何来？"

只听老七娇羞唱道：

"玉堂春好比花中蕊，王公子好比采花蜂。想当初花开多茂盛，他好比蜜蜂儿飞来飞去采花心。到如今不见公子面，我那三……郎啊……"

老七刚才唱到这一句，突见房门外奔进两个西服少年，口口高声笑道：

"三郎来了，王公子也来了。"

老七听了，连忙把胡琴停止，抬头向外一瞧，只见来的不是别人，真是温公馆里的温大少爷和侄少爷。因此放下胡琴，笑盈盈迎上去，叫道：

"我道是谁，原来是温大爷和宝少爷，快坐，快坐。"

说着，便给如玉脱大衣，阿林早来把两人大衣接去。如玉便把老七娇躯抱住，叫道：

"老七，你说到如今不见公子面，现在我便来做个王公子的代表，不知你赞成吗？"

老七哼了一声笑道：

"你倒像个王公子，可惜我没像玉堂春那样天官赐福。"

如玉见她温柔娇媚的体态，一时心中大爱特爱，抱到沙发上，把她真个当作玉堂春一般，一面伸手挽住她的手，一面俯下身子覆压在她的身上，嘴儿凑在老七的唇上狂吻。老七被他压得透不过气，哼着喊"大少饶我"。如玉笑道：

"别人家弹簧床上正睡得窝心呢。"

说着，手指又去触她的奶头，老七被他挠得肉痒，忍不住又咯咯地笑。这时楚宝也早在老八的怀里吵玩，老九却坐在楚宝身上，用方手帕儿要去包楚宝眼睛。楚宝的脸大，老九的帕儿小，哪里包得来。老九咯咯地笑，老八被两人却压得哼起来，因此三人也扭屁股糖儿似的搅作一堆。如玉见楚宝玩得有趣，他便把老七身子用两手抱起道：

"他们在这里玩，我和你到亭子里玩去。"

老七不依，如玉哪里管她，早已抱她到亭子间，口里还哼着道：

"关上门来把花采，我真的好比采花蜂。"

老七见他把自己拥到床上，真的将门儿砰的一声关起，心中倒急起来了，因也效着戏剧中的口吻对如玉道：

"青天白日，羞人答答的怎好这个样儿呢？"

如玉见她缩作一团，不肯把身子仰着，他便按着她的身子，一面伸手向她旗袍叉子里摸上去，一会儿摸到胸前，一会儿又摸到腿下。老七竭力挣扎，把两脚在床上乱甩，如玉还笑嘻嘻道：

"我的翠娜妹妹，你快不要动，我来给你按摩，这样的按摩师，恐怕在上海滩打着灯笼还找不到哩。"

老七不依，嗯着道：

"我不要，我不要，别人家怪难为情的。"

如玉道：

"门儿关着怕什么。"

说时，便扯她的衣，老七急得把脚向里藏，不料这样一来，只听沙的一声，那旗袍的叉子早已撕成两片，老七见扯破了旗袍，她便啊呀一声，推开如玉，红着脸儿道：

"你赔还我不，我不要。"

如玉见她这副娇憨模样，心中愈觉可爱，在她颊上喷地吻了一下，咯咯笑道：

"一件旗袍算什么，你快性兴全脱下了，明儿我赔你十件好了。"

老七红了脸，啐了他一口，便突然拉开门儿，逃到统厢房里另换衣服去。如玉急着欲伸手去捉，可是已经来不及，因笑着自语了一声"这妮子倒刁"，方欲回身跟出，突然听到一阵笑声从对面楼窗口中吹送过来。如玉好奇心动，他便把亭子间窗子打开，这时从对面又送来一阵男女抱怨的话声，只听一个男子声音说道：

"这一副万子清三番的满贯，照理说起来是要温少奶一个人独解的。"

如玉一听"温少奶"三字，心中更加奇怪，他又伸长着脖子，向前望了一会儿。可是亭子楼的窗口低，客堂的窗口高，哪里望得出。因此他心生一计，便走出亭子间，打从短步梯一直跑到晒台上瞧去。谁知不瞧犹可，这一瞧顿叫如玉目瞪口呆、面红耳赤，半晌说不出一句话来。只觉得胸口一股愤怒，直冲头顶，恨恨地握着两拳，自言自语地骂道：

"哦，原来这贱人天天在这儿秘密地玩着男人，叫我戴这顶绿帽子吗？我可不情愿，明天我非向她提出离婚不可。"

如玉正在酸气直冲，愤怒非常，忽听楼下大屁股阿林叫道：

"温大少，你怎么跑到晒台浪去啦？这样大的风，当心着了寒。你快下来呀，羊大少等着你呢。"

如玉一听羊宝宝已来，也只好把这事暂且丢开，匆匆奔下晒台，走到厢房。只见老七已换件妃色丝绒夹衫，手中提着那件撕破的旗袍。见了如玉，便瞅着他，含嗔要他赔还一件。原来今天翠娜老七家里请客，如玉乃是个主人，所以他和楚宝老早先到，这个羊大少就是海品洋行的新买办羊宝雄。如玉这几天和宝宝天天聚在一起，真是朝朝寒食，夜夜元宵。前晚宝宝在小花园花也香家做主人，如玉也在那里，当时曾面约宝宝，今天早一些儿来，所以宝宝等不及四点敲过就来了。这时他从前厢房踱过来，见老七提着旗袍，要如玉赔还，因向老七盘问道：

"老七，你这件旗袍是怎样给老玉撕破的？"

老七见问，心中一怔，脸上便一阵红似一阵，低了头回答不出。宝宝见她羞答答模样，便笑起来道：

"本来青天白日地关着房门，你们也太似窝心了呀。现在既然被温大少弄破了，他当然少不得要赔还你的，你心急什么呢?"

老七听了这话，愈加羞涩，低声道:

"羊大少，你不要冤枉我了。"

如玉耸着肩膀，更是得意地笑道:

"老七，你一起共有几件旗袍呀，要不给我统统撕了，明儿全赔还你新的。"

如玉说着，便伸手拉过老七，在她耳边轻轻说了一阵，笑道:

"这样你终称心了。"

老七哧地一笑，又向他打了一记，把那件旗袍丢过一边，一手拉着如玉，一手拉着宝宝，笑道:

"我们到客堂楼坐去。"

三人到了客堂楼，如玉、宝宝在沙发上坐下，阿林重又泡上香茗。老七转身在百灵桌上的高脚盆里，抓了一把糖果，将外面的锡箔纸剥去，一粒送到如玉口里，一粒送到宝宝嘴边。宝宝伸手来接，老七却又把纤手缩回来，宝宝不懂道:

"干吗?"

老七哧哧笑道:

"你张开嘴儿来接呀。"

如玉一听，拍手笑道:

"老七，你不要把他当作哈巴狗呀，他乃是个簇新的洋行康白渡哩。"

说得众人都笑起来，倒把老七弄得不好意思，连忙把糖送到宝宝口中，笑着道：

"羊大少，你听温大少瞎说。"

宝宝也笑着说道：

"这块糖想不到愈嚼愈甜，愈嚼愈香，老七的手真灵光极了。"

说时，便拉了翠娜手闻着。翠娜给他闻了一会儿，便含羞自到椅子上去坐了。宝宝望着她笑，一面又向如玉问道：

"老玉，你叫我早些儿来，怎么别的客人一个都不来呀？"

如玉道：

"你嫌寂寞吗？我们先来铲一会儿麻雀可好？"

宝宝道：

"多少一铲？"

如玉道：

"五十元一铲吧，铲进也有一百五十只洋呢。"

宝宝道：

"那么人也不够呀。"

如玉道：

"有有，你我和老七已有三个人，还有一个，阿林去叫我侄少爷吧。"

阿林一听，连忙到前面厢房去喊楚宝。一会儿，老八、老九也都同来了。宝宝笑向老八、老九道：

"你们阿要玩？"

老九道：

"我们不要玩，谁赢只要给我们买些糖果吃好了。"

大家正在说笑，阿林已把台面摆好，倒牌开灯，让四人入局。

　　要知这铲麻雀到底谁铲进，且瞧下回再行分解。

第十回

作壁上观尽窥秘密
听房中谴泄露春光

一个人的心，是不能二用的。如玉此时虽然和宝宝、翠娜老七、楚宝三人坐在一起打铲麻雀，但他一颗方寸，好像兀是立在晒台上，瞧那意心和小李、友声眉花眼笑调情取乐的模样。因此心中时时纳闷，暗暗怀恨，不但把牌有碰不碰，有吃不吃，而且把里面的牌随意乱打，打到后来，竟变成了一张一样，你想这牌还会和吗？幸喜老八、老九都在姐姐老七身后看，要不然是在如玉后面瞧，真要笑痛她们的肚子哩。这时老七的门面前，已碰到龙凤各三张，宝宝因为这两张都是如玉发的，尚恐他再发白板，所以关照他道：

"老玉，你得留心，老七这一副牌不小，你不要再发白板，叫她变成三元满贯，可要给她铲光呢。"

老七望他一眼不语，老八、老九却哧哧地笑。宝宝道：

"不对，你瞧她两个妹妹多得意，白板准是有的，大家快不要打。"

楚宝抓了一张，发出一张三万道：

"我是不会打的。"

下去便是如玉抓牌，一面发牌，宝宝犹拼命叫不要发白板，谁知如玉心不在焉，不但视而不见，而且听也不闻。宝宝只管喊，他却只管把手中一张白板发了出去。老七以为这次终于被人家捏死，哪晓得如玉仍旧发出来，一时喜欢得心花怒放，连喊碰碰碰。宝宝见老七虽然喊碰，却并不把牌摊下来，以为老七不过虚张声势，吓吓他们。谁知老七不慌不忙，一手把手里面三张白板，摆在门面前，一手却向杠头上去抓牌。宝宝一伸舌头儿道：

"还是一大杠呢。"

宝宝话还未完，忽听老七、老八、老九三姐妹大叫起来道：

"果然一索，杠上开花。"

说时，老七早把牌摊下来，一面又咯咯地笑得花枝乱颤，老八、老九倚着老七的肩儿也大笑。宝宝、楚宝、如玉连忙向她四张牌仔细瞧去，原来正是一索九索双对到，杠上开花，一副三元索子对对杠上开花六翻的满贯，算算和头，差不多有三千八百十六和，因此不到一圈，这铲麻雀就此终局，给老七一人铲进去。老八老九要姐姐分头钱，老七笑道：

"回头给你们就是了，别孩子气了。"

宝宝道：

"老七真是个好本领，一吃三，我们都给你吃瘪了。"

如玉道：

"我这张白板本来是不打的，因为你的旗袍撕破了，我就赔你一张白板，这一张白板，要值到一百五十元钱呢。"

楚宝道：

"叔叔这话不行，旗袍又不是我们三人给她撕破的，怎么要我们也赔进在内。现在既然大家都赔了，老七，你要自己识相，应得怎样地请请我们呢?"

宝宝笑道:

"这个话儿不错，我们也该揩些油儿。"

说着，便一把将老七拖入怀里去，老八、老九见了，也各自走到如玉、楚宝的沙发前来。望着他们憨憨地笑，如玉因拥了老八，楚宝也抱了老九。六人分作三对，各人向各人偎着脸儿，吮着唇儿，很得意地快乐了一回，阿林又把雀牌收拾了去。

作者到此，回头又要讲意心那面的一个牌局了。原来如玉立在晒台上，听到一个男子声音说:

"这一副牌应该是要温少奶一个人包解的。"

这究竟是怎样的一副牌呢? 这一副牌是小李的东风家，小李是坐在友声下家，友声又坐在意心的下家。友声手上是一筒子清三番，要的是三、六筒两头张。小李门前吃碰的全是万子，里面等的张子是一、四万清三番。友声抓来一张四万，他一瞧下家清三番，要比自己大了不少，而且又是东风家，一查河底，明知这张四万出去，一定放炮，所以把这张四万摊在门前，对三人自语道:

"这张牌无论如何是不能发的，我只好把自己的牌牺牲了，有张也不要了。"

说着，他便毅然把四万扣住，丢了一张三筒，他手上原本是三、六筒听张，现在却变成了四万的孤麻雀了。小李见他四万真的扣住，心中虽然恨得什么似的，但也只好暗暗叫声触霉头，一面便顺手抓牌去。抓的是一张熟牌，大家都不要。接着便是小脚阿金抓，也是一张熟牌。再下便是意心抓牌，意心抓的巧是一张九万，河里一张没有，也是很生的。这时意心手中只有四张牌，乃是六、七、八、九万各一张，还有一张正是四万，她听的也是孤张。现在她既然抓来了一张九万，心想：我的牌全是万子，哪一张不是小李要的，这是猜不着的，这张四万既然在友声手里，我不如把四万发了出去。一则自己可以等六、九万两头张，二则就是小李要，也是给友声拦和的，友声摊下来没有多少和头，那是不要紧的。

意心想定主意，她便不假思索地就把四万打出去，小李一见，心想：我若摊下来，这明明是给友声拦和的，何必空欢喜呢。所以他装作不瞧见。友声见小李并不把牌摊下来，心想：原来这张四万他是不要的，啊呀，这可好了，我竟猜错了他，晦气，我一副三番倒拆脱了。因此友声也索性不要和了，预备再抓一张筒子，去了这张四万熟张，那自己不是仍有清三番的希望了吗。友声一面暗暗盘算，一面也伸手去抓牌，谁知抓来的牌齐巧又是一张三筒，他于是仍旧听三、六筒两头张，一面还把手打着自己脑袋，抱怨自己实在太过小心，不肯冒险，否则自己不是三、六筒自摸和出了吗。友声说声他被小李害煞了，一面还把那张四万送到嘴边，咬了一口，恨恨地骂道：

"都是你这害人精。"

说罢，便把那张四万丢到河中去，小李见友声也不和，心中正在纳闷，这时忽见他自己也丢出四万来，方才明白他也是一副筒子，果然中了自己的计，被骗出来了。一时乐得拍手呵呵大笑，一面把门前四张牌推倒，一面说道：

“现在你终逃不出去了。”

意心、小脚阿金、友声三人见他这个模样，还道他瞧错了牌，不然第一张四万不和，为什么却要和友声的第二张四万呢？友声因连忙伸过头去一瞧，见小李听着的果然是二、三万头两张，七万一对作麻雀，现在他和的是一、四万，正是一些儿都不曾和错。友声心中真奇怪得了不得，拉住小李的手问道：

“方才温少奶发的四万，你为什么不和下来呀？”

小李哈哈笑道：

“那么潘先生也不和下来呀，你因为太客气，所以我是不得不和了。”

友声一听，心中暗想：这小李真是牌中老鬼了。意心和小脚阿金还不懂，问小李到底是什么话。伯音道：

“方才老潘听的是四万孤麻雀，温少奶打四万，假使我和下来，老潘不是要拦我和吗，现在我和老潘的一张不是稳而又稳吗？”

意心听了，因又问友声为什么不和，反把四万打出来。友声笑道：

“我见小李不和，那我自己是有清三番希望，哪里肯和这四万的孤吊呢？”

阿金道：

“这样说来，这副满贯完全是你不和闯的祸了，照理应该由潘少一个人去解的。”

友声听了，不服气道：

“我因为晓得这四万是要放炮的，故而关照你们，我是宁愿牺牲三番把它扣起来，意思叫你们也不要打四万。谁知温少奶偏不相信，定要把四万试一试，现在小李虽然是和我一张四万，其实就是和温少奶的一张四万，照此论来，这副满贯是要温少奶一个人包解的。"

诸位记着，如玉在晒台上听见的，就是这时候。意心道：

"包解副牌是没甚要紧的，不过你有和不要和，这便是一个大大的错处，你难道可以这样强词夺理就算脱了干系吗？我全是这样生的万子，若打六万、九万，被小李和到，那是我的错处。现在我打四万，我原早也盘算过，因为潘先生把四万扣住，发出一张三筒，口里又说牺牲，那他当然是副筒子，现在一定暂时等四万孤吊，所以我发四万，是叫潘先生小些和脱拉倒。谁知潘先生心又狠起来，这真叫潘先生是个老奸巨猾，可是终究还上李先生小滑头的当呢。"

众人听意心说出这篇道理，觉得很充足，又听她取笑两人，大家都咯咯地笑个不停。友声也自觉不该，因红着脸儿笑道：

"这儿都是牌精，我老鬼失脚，照温少奶的话，我是只好甘拜下风，自认不是，这时满贯让我独解吧。"

意心瞟他一眼，嫣然笑道：

"包解原是大家说着玩，只不过我的四万不曾丢错吧。"

说着遂向小李解钱，小脚阿金也附和道：

"这话不错，大家彼此自己人，难道会说不明白吗？"

小李哈哈笑道：

"你们包解也好，分解也好，我是只要进账好了。"

阿金道：

"你怎么晓得温少奶发的四万，潘少要拦和你，你真像打玻璃牌了。"

说得大家又笑，这样打下去，小李风头好得了不得，等到八圈打完，小李足足赢进一百二十元，友声失风，输八十元，意心输二十元，小脚阿金输二十元，齐巧都在头钿上。友声因尚有应酬，也没有吃饭，先匆匆跑了。这里小脚阿金陪着意心、伯音两人坐了一桌，浅酌低斟，好像戏剧上搬演一出王婆做的牵头，西门庆和潘金莲挑帘裁衣一段故事。结果意心、小李都喝得脸儿微赤、春情发动，双双便在小脚阿金家里一间密室中过了夜。

次日，小李把赢进的一百二十元钱倒有一半送给了小脚阿金，这大概算是借台基的钱吧。且说二号里的如玉和宝宝等三人抱着翠娜姐妹，吮嘴吻舌地调笑一会儿，等到华灯初上，客人到齐，他便叫老九亲自执壶筛酒，自己向坐客打了一个通关。一时七巧八马，以及各人叫上来的堂差咿咿呀呀的胡琴声、嗳唷嗳唷的小调，一直闹到了十二点多，众宾都有醉意，方始收令撤席，所叫堂差也都回去。阿林忙叫相帮摆好台面，预备爷们打扑克，宝宝却抱住老八，要叫她唱《追韩信》。如玉道：

"时候不早，我们打扑克吧。"

宝宝道：

"反正通宵，还怕什么。"

老八没法，只好叫老七拉胡琴，自己提高嗓子唱一曲，一时众宾个个喝彩，要老九也唱一曲。后来三姐妹各人唱一曲，方始入席打扑克。一时大众又胡乱地偷机捉白虎瞎跷一会儿，一共打了两个多钟头，打了三周郎才克，抽了二百元头钱。这时已经三

100

点半钟，阿林又叫人摆上稀饭，有的用些，有的用不下，便都各自散去，老七、老九送到步梯口，方才停止。如玉打着哈欠，便拥着老七到厢房间去睡，楚宝抱着老九也早在客堂楼睡了，老八在两点钟的时候，被一个客人叫到旅馆去，听说也没有回来。如玉、楚宝天天沉迷酒色，直到次日午后二时，方才起身和楚宝回家。如玉坐在车中，想起意心的事，恨不得立刻到家向她质问，大闹一场，好待彼此决裂，从此脱离。两人一到家中，楚宝自管回房，如玉也急匆匆上楼到意心房中来。不料如玉刚到楼上，就突然听到一阵咯咯的女子狂笑，如玉还道是意心的笑声，暗暗骂声淫娃，但抬头一瞧，却并不是从自己房中送出。这笑声正是从三姨太房中发出来，接着又听三姨太对一个人笑道：

"你说小徐及不来你，怎么你现在也叫饶了，要知道我还没满足呢。"

又听一个男子声音答道：

"我的好太太，你别生气，晚上我拼了性命来奉承你，包叫你称心满意好了。"

三姨太呸了一声，两人又狂笑一阵，接着便砰的一声把房门开了。那人就从房中像斗败公鸡般地跑出来，因为跑得太急，哪里顾到旁的，不料竟和如玉撞个满怀。如玉心中正在恨着意心，满腔愤怒，今见来人这样冒失鬼地冲来，他也不管是哪个，便伸手狠命地向那人打了一下耳刮子。那人一见如玉，吓得脸色发青，连忙作揖打拱地叫道：

"对不起，对不起，大少爷，我是因为三姨太赶紧叫我到社里去，心里急得很，所以没有瞧清楚，竟把大少爷撞了，请你不要生气，原谅一次吧。"

如玉见向自己打拱作揖的不是别人，正是公馆里西席卜士仁，一时倒也不好发作，遂抱怨他一句道：

"卜先生，你也太鲁莽了，不是我把这栏杆攀住，几乎被你撞下楼梯去了。"

士仁见如玉没有别的闲话问他，把怦怦跳的心方始慢慢放下，脸儿也由青转红，连连称是，早又急急跑下楼去。这时意心房中的丫鬟盼盼一听外面有人说话，她便出来瞧望，一见如玉，便即叫道：

"少爷回来了，少奶还没回来呢。"

如玉一听，知意心昨夜果然也宿在小脚阿金家中，直到现在还不回来，她的荒唐真比我还要糊涂呢。岂有此理，我今天且等在家里，非和她大闹不可。盼盼见他并不回答，走进房中，就向床上一躺，知道他生了气，因忙把他大衣呢帽挂好，给他倒了茶。如玉这时腰酸背疼，疲倦十分，见盼盼小心服侍，暗想：意心这贱货还不及盼盼呢。因此心中倒生了爱怜之心，握了她手不放。盼盼红着脸道：

"少爷，你喝茶呀。"

如玉喝了一口，本想再要向她温存一会儿，但人真疲极了，因只好先沉沉睡去了。

且说士仁跑到楼下，心中犹跳个不停，暗暗叫声：

"好险呀，方才三姨太把我缠着不放，幸而没有给他撞破，不然不但彼此丢尽脸面，恐怕还有一场天大官司，要起不少风波哩。"

士仁一面想一面拍着胸口，一路踱出门外，跳上一辆人力车，叫他拉到扬子饭店去。不多一会儿，车夫早已拉到云南路角子上，车子就停下来，士仁跳下车子，走进扬子饭店，忽然背后有一个人叫道：

"卜先生，你才来吗？"

士仁回头一瞧，叫他的正是三姨太娈童小徐，因忙向他打个招呼，两人一同步入电梯。小徐问道：

"三姨太今天可出来？"

士仁道：

"说不定，她恐怕有人来报名，所以叫我先来一步。"

原来这个小徐名叫芸芳，年纪还只有十八岁，原本是回力球场里当侍者的，三姨太因为时常到球场去玩，小徐殷勤招待，代她买票取款。三姨太见他唇红齿白，天生的雪嫩脸儿，好像剥出的鸡蛋一般，因此心里便爱上了他。叫他把当侍者的生意辞去，此次组织向导社，便叫小徐到社里来充个职员，预备将来士仁做账房，小徐也当个办事员，两人可以互相帮助的意思。方才士仁在三姨太房间里，三姨太笑对士仁道：

"你说小徐及不来你，怎么你现在也叫饶了？"

可见士仁和小徐都已做了三姨太的宠人，此中秘密，不外"淫荡"两字，作者虽不明言，阅者想已了然。闲话少说，电梯升到三楼，两人走到三百六十四号云桥向导社办事处，小徐推门进去，只见红男绿女，前来应考的人员，早已挤挤地坐满了一室。士仁走到写字楼旁边坐下，把应考的人员逐一问明姓名、年龄，又把她们从头到脚细细打量一会儿，倒便宜了士仁饱餐一顿秀色。他先拣脸儿漂亮、服装时髦的姑娘十个，然后再把她们登记，又把她们带来的照片贴到登记簿上去，考完女的，再考男的。这样就算考试完毕，叫他们明天再来一趟，本社便可给你们回话。众人一听，答应各自退出。

要知应考的共取几人，且待下回再行分解。

第十一回

为恼意心思反目
半偎香囡欲销魂

士仁把投考人的姓名、年龄、籍贯一一写入登记簿内，又把每人的照片贴到各人的姓名底下。正待把登记簿放进抽屉内，忽听一阵叽咯的革履声，从门外推进来一个女子。士仁抬头一瞧，见是蓝桥别墅，因便慌忙站起，喊一声朱少奶，椅子让她坐下，小徐已倒上一杯茶来。士仁把报名册子递到她的面前，翻阅给她瞧道：

"朱少奶，这是今天来应考的人儿照相，请您逐一地瞧瞧，不晓得都可以录取吗？"

蓝桥别墅接过册子道：

"很好。"

说着便从第一页瞧起，只见写的是：

第一名　香囡　女　十八岁　上海人　曾充圣爱娜舞女

蓝桥别墅再把她照片一瞧，只见是张全身像，瓜子的脸儿，头上烫着水波浪式，细长的眉毛弯弯地覆着两只活活的秋波，脉脉含情，好像要把人家灵魂勾了去似的。挺直的鼻梁，薄薄的嘴唇，里面露出一排雪齿。身上穿着一件软绸旗袍，两袖齐肩，肩膀和嫩藕一般白胖。蓝桥别墅回头笑道：

"这孩子我也欢喜，不要说是年轻的男子了。"

士仁笑着点头道：

"朱少奶，你没见她人，更漂亮呢。"

蓝桥别墅又瞧第二页：

第二名　棠儿　女　十九岁　苏州人　桃坞中学毕业

瞧她照相，虽非沉鱼落雁、闭月羞花，却也丰姿楚楚、颇觉可人，遂又瞧第三页：

第三名　柳小蛮　男　二十岁　松江人　曾充咪吔洋行职员

他的相片是张半身照，身穿花呢西服，大红条子领带，头发斜对分开，梳得光可鉴人，脸儿白净，眼儿活泼，微含笑意，真是一个翩翩风流少年，美过子都。蓝桥别墅又瞧了瞧，心中爱不忍释，因回头问士仁道：

"这柳小蛮今天自己来的，还是邮寄来的？"

士仁道：

"自己来的，他的人倒真是个漂亮少年呢。"

蓝桥别墅暗暗点头欢喜，想着一只绝嫩的鸡子，迟早终要尝他一尝滋味哩。因又翻下面的瞧着，只见写着：

第四名　叶秋鸿　男　廿一岁　北平人　北平中学毕业

第五名　钟诗琴　男　廿二岁　无锡人　曾充香海影业公司演员

第六名　陆蕊仙　女　十七岁　昆山人　昆山女中毕业

第七名　梅笑春　女　十八岁　上海人　曾充三星剧团演员

第八名　林德清　男　二十岁　广东人　曾充凤凰音乐团团员

第十名　朱辉光　男　十九岁　山东人　曾充舞场账席

蓝桥别墅把以上二十名的照片逐一瞧完，又瞧下面十名。两相比较起来，男的要算柳小蛮最漂亮出色，女的要算香囡最时髦，其余各人有各人的好处，都可以及格。一时瞧毕，便笑向士仁道：

"卜先生，这几个应考的人，你都给我取了吧，明天他们若来，你们关照他们好了。"

士仁答应，一面又递过一支茄力克，蓝桥别墅吸了一会儿，她便走到里面的一间房中去休息了。

话分两头，且说如玉睡在床上，一觉醒来，耳中听到房里有人说话，他以为是意心回来了，遂把两拳在床上一击，提高嗓子骂道：

"你这不要脸的贱人，外面偷着汉子，你倒也玩够了，这儿不是城隍庙，也不是土地堂，你快给我滚，我和你脱离……脱离好了。"

如玉一面大骂，一面从床上呼地跳起，好像要和意心立刻用武力解决模样。这时盼盼方从外室进来，见他发疯似的大骂，倒吓了一跳，心中惊讶十分，正欲向如玉问明何事。如玉见进来的是盼盼，便一把将她抱入怀里，叫道：

"盼盼，你的少奶到哪儿去了？"

盼盼挣扎道：

"少奶还没回来呀，少爷，你快放手，被人见了，像个什么样儿。"

如玉道：

"怕什么，你方在和谁说话呀？"

盼盼道：

"刚才说话的是娉娉，她说二姨太叫她来关照少爷，说乡下老太爷和老太太因身子恢复健康好久了，定今天午后四时要回宁波去，问少爷有没有事情和老太爷要接洽。"

如玉一听，方知意心真还没回来，听说爸爸要回乡去，他因推开盼盼道：

"现在爸爸在账房里吗？"

盼盼给他穿好皮鞋，点头道：

"老太爷和老太太早晨叫百篇到南京路买了许多物件，他们正在整理呢。"

如玉见她伶俐得可爱，便把她颊儿捧来，啧地吻了一下，便笑着匆匆到账房间去了。盼盼把小手在颊间擦了一下，恨恨地啐了一口，正欲回到自己房去，忽见意心匆匆进来，盼盼忙道：

"少奶，你回来了，少爷碰见了吗?"

意心摇头道：

"没有呀，做什么?"

盼盼因附耳向意心告诉方才少爷大骂少奶奶的话，意心听了一怔，因为她这时正在小脚阿金家中和小李幽会回来，究竟有些虚心，但仔细一想，倒也大怒起来。你自己整日整夜荒唐，难道我就不能吗? 脱离有什么关系，可是赡养费我也不怕你少一个，横竖五楼殁后，所有公债、契券、房产统统都在我的手中，你若要我把产权交出，非得大家平分不可。意心这样想着，她便把铁箱钥匙带在身旁，也不待如玉上来，便向盼盼关照道：

"回头少爷上来，你说少奶回来又出去好了。"

盼盼忙道：

"少奶此刻哪儿去?"

意心道：

"我还有要紧事，你好生在家里，看少爷有什么行动，回头告诉我，我就喜欢你。"

盼盼不便再问，遂点头答应，意心方匆匆出门走出去。她究竟到哪儿去呢? 原来意心自遇李伯音，一见倾心，伯音奉承意心，好像玉皇大帝一般，所以意心的灵魂是早在伯音身上了。今听如玉要和她离婚，正中下怀，她是很快活和律师商量去的。

再说阿土自从茉莉花家中逃回公馆，在路上受了夜风吹袭，冻出一身大病，后经服药调理、卜课禳解之后，说也奇怪，不到一星期，身体早已复原。阿琴妹见丈夫已没病了，她唯恐阿土闲着没事，又要出去寻病，她想上海不是好地方，所以劝阿土早日回乡。阿土本来还想到茉莉花家去拿回一百钞洋，后来因为实在想不起茉莉花公馆在哪一条马路，且又不好问人家，所以只得忍痛牺牲。今天两口子正式议决返里，所以着人来请如玉，问他对于宁波方面不知尚有什么事情。如玉道：

"别的也没有什么，你两老人家住在城里照顾，一切小心些好了。"

这时百篇又告诉如玉，对于船舱川资，都已代为付好。如玉也很放心，一会儿汽车已到，如玉和二姨太送阿土夫妇上车，又嘱百篇陪着下船，两人待汽车开去，方始各自回房。

如玉问盼盼：

"少奶还不回来吗？"

盼盼道：

"少奶刚才来过一趟，因尚有要事，现在又走出去了。"

如玉听了，心中虽然气她，但她人已不在，也只好暂时忍耐，且等她回来时，再作道理。正在这时，忽听电话铃响起来，盼盼忙去接听，便向如玉招手，如玉接过听筒，原来是羊宝宝从东方饭店打来，叫如玉立刻就去。如玉正感无聊，一听宝宝相招，自然一口答应，盼盼因取过大衣，给如玉披上，如玉便匆匆到东方去。一见宝宝，两人握手，如玉呵呵道：

"老羊，你今天怎么会到这儿来开房间了？"

宝宝笑道：

"你且别管，我问你今天什么时候回家，老七待你窝心吗？我今天给你瞧一个人，这个人你瞧了，真要把老七当作粪土了，别的不要说，单讲她的眼风，一瞟一瞟，真够摄人魂魄。别的女人眼波生得活络，我也瞧得多了，独是她这眼睛，说她是脉脉含情吧，她却又是盈盈欲笑。总之，少女的动人，就完全在两只秋波上，我现在觉得她那双秋波，真是一转百媚生，令人销魂失魄，她的魔力实在大极了。"

如玉听他赞美得这样娇艳美丽，暗想天下竟还有如此美人，一时心中也给他说得痒痒的熬不住，因急笑问道：

"这个人到底长三还是舞女，还是幺二还是按摩女，她叫什么名字，你倒快说给我听呀。"

宝宝笑道：

"我知道你这急色儿要等不及了，你派出来的都不是，她先时曾充过一度舞女，最近听说她已加入向导社做社员了。"

如玉道：

"你不要卖什么关子了，说了半天，还不曾把她的名字说出哩。"

宝宝道：

"你急什么，你要问她名儿，她就叫'香囡'两字。"

如玉一听，便低头想了许久，可是终想不起，因抬头道：

"这个香囡我倒不曾瞧见过，她到底有怎样的香呢，你快叫

111

她出来给我见一见吧。"

宝宝道：

"别忙，再等五分钟，她就来了，你且吸一支烟吧。"

说时，递过一支雪茄，如玉接过，燃了火吸着，两人静了一会儿，如玉道：

"我昨天听到一个银行里朋友告诉我，说这两天标金飞涨，伦敦银价惨跌，交易所里天天有双结价，赚钱的人真不少，想你近在咫尺，不晓得也有赚着些吗？"

宝宝道：

"我们做进出口的，当然和先令汇票打对头，你就是不喜欢做，也是要叫你去买卖的，上个月我们行里对于标金名下，倒也赚了七八万光景，本月份里标金自从飞涨到九百十几元，回跌到八百六十元，每条要套牢五十元，幸而条额不大，虽然亏本，还不十分要紧。"

两人正在谈着，突然房门响处，早就有一个娉娉婷婷的少女跑了进来，一见宝宝，便高声喊道：

"哈啰，密斯脱羊。"

如玉连忙抬头望去，顿时觉得眼前一亮，好像开了一盏五百支光的灯泡，又好像阳光下开着一树灿烂的桃花。宝宝早已走上前去，握了她手，一面给她脱去长毛骆驼绒大衣，一面又向如玉招手，替两人介绍道：

"这位是温如玉先生，那位就是香囡小姐，老玉，你瞧怎样？"

如玉慌忙站起道：

"久仰得很，果然名不虚传。"

香囡也早笑盈盈地奔近如玉身来，和如玉弯了弯腰，叫了一声：

"密斯脱温，你真太客气了，不要难为情死我吗？"

如玉见她这样会说话，真是目睹美色，耳听莺声，只觉香囡不但脸儿生得漂亮，身段儿更是生得苗条，凡是一举一动，无不令人可爱，惹人欢喜，翠娜老七真及不来她万分之一。一时情不自禁地伸过手去，把香囡柔荑紧紧握着，只觉得绵软滴糯，好像没有骨头一般。如玉真乐得心花怒放，把她拉到桌边，一面在桌上罐子里抽出一支烟卷送到香囡口边，笑道：

"香小姐吸烟，你今年多少青春了？"

香囡忙道了一声谢，一面凝望着他憨憨笑道：

"你倒猜猜看？"

这时宝宝也走过来，伸手抓盒火柴，替香囡擦了火儿笑道：

"我知道的。"

香囡扭着身儿，嗯了一声，白了宝宝一眼笑道：

"羊先生，你不要说出来，让温先生猜吧。"

两人给她这样一来，全身的骨节真是根根都酥起来，遂一人拉了她一只纤手，在长沙发上坐下，两人把香囡身子紧紧挟着，香囡一手捏着宝宝的腿，一手拍着如玉的肩。如玉望着她道：

"香小姐今年十七岁吧？"

香囡摇头哧哧笑道：

"十七岁隔壁，我是十八岁啦。"

两人见她如此天真，真是爱煞，恨不得立刻将她一口吞下才好。宝宝道：

"香小姐，今天我陪你到三百十一号轮盘赌去，他们那边局面的伟大，真要算上海第一个的场面了。"

如玉道：

"听说一夜里头，终有十万二十万的进出呢。"

宝宝道：

"可不是，他们是什么赌局齐备的，牌九摇摊不要说了，还有三粒骰子，三十六门。那三十六门，就是打一元，赔三十五元。"

香囡道：

"一元赔三十五元，那是和花会差不多了，恐怕很难着吧?"

宝宝道：

"不错，一元赔三十五元真难极了，打的人是很吃亏的，所以老赌朋友他宁可打十二门的。"

香囡道：

"十二门也好打的吗?"

宝宝道：

"我告诉你，十二门又分大十二、中十二、小十二，但是打一元，只赔三元，因为它是容易着的缘故。"

如玉道：

"十二门之外，还有打八门、打六门、打三门，也有专门打单双、打红黑的，花样多着哩。香小姐，你还是过一会儿亲自去参观好，让我来一一地指导你吧，因为这个赌场，在上海要算最新鲜，是非实地试验，一时是很难说明白的。"

香囡点头笑道：

"回头我一定跟两位去见识见识。"

这时侍者开门进来，把一只鱼生锅炉，摆在台子上，又开了一瓶白兰地。宝宝道：

"天天吃着大菜，真乏味得很，今儿天气冷，我想叫一只菊花锅来尝试一下，要吃什么，都可以添生的，放在里面吃，风味是很好的，我们三人对酌，而且一些儿都不会浪费。"

如玉道：

"哦，怪不得人家都叫你吃精码子，原来你是个经济大家哩。"

说得香囡咯咯地笑弯了腰，侍者已把白兰地倒好三杯，放在桌上。宝宝把香囡拉起，和如玉三人围坐在桌边，宝宝把玻璃杯向上一举道：

"我们快下动员令。"

这时锅中鸡汁已泊泊地沸滚，如玉、宝宝把盆中鸡片、鱼片、腰片、虾仁、牛肉片等一样一样地放进去，最后又把鸡子敲碎，放在勺内，向锅中一浸，不消片刻，蛋已嫩熟。如玉、宝宝各人夹一个给香囡，香囡哧哧笑道：

"你们吃吧，我两只蛋是吃不下的。"

如玉笑道：

"我们给你吃蛋，是有意思的。"

香囡红着脸笑道：

"什么意思呢？"

宝宝哈哈道：

"老温，你性急什么，明儿我们准给你吃红蛋。"

香囡啐了他一口，便咯咯笑起来。如玉听了，倒有些酸气，暗想：倒给老羊便宜了去。因笑道：

"你恐怕没有这个本领吧？说起这个，我可比你强。"

宝宝呸了一声，大家又笑起来。三人说说笑笑，一瓶白兰地早已喝得精光，如玉还要叫拿酒，香囡道：

"我瞧你是差不多了，回头不是还要到三百十一号去吗？喝多了怕去不成哩。"

如玉见她这样温顺多情，心里感激不得了，遂不再喝。三人匆匆用毕饭，侍者收拾残菜，大家洗了脸，香囡又扑粉涂脂。这时宝宝、如玉已有五分醉意，乘着酒兴，两人将香囡拥抱不放，要香囡给他们看相，谁是赢钱，谁是输钱。香囡给两人一半儿偎着，一半儿抱着，鼻中只闻到一阵阵酒气，难闻极了，因把他两人轻轻一推，咯咯地笑道：

"你们两人都是红光满面、鸿运亨通的人儿，我包你们都是赢的，不过回头我要吃东道。"

宝宝、如玉听她口齿伶俐，心中更觉喜欢，同时把脸儿偎到香囡的左右颊上，只听喷喷两声，那香囡两颊早已给两人吻了香去，三人都咯咯地又笑了一阵。各人披上大衣，香囡还要开皮夹，拿粉纸擦脸，如玉道：

"好了，已经美丽得了不得了，我们走吧。"

三人遂出了东方饭店，宝宝汽车停在门前，三人跳上车厢，香囡居中，两人左右把她身子挟得紧紧的，香囡只是笑。宝宝道：

"你别笑，我们左右虽然有两管手枪保护着，但你这只活元宝，到底还是要自己小心呢。"

香囡白他一眼笑道：

"羊先生倒真有两只元宝，温先生也有一块宝玉，你们自己保护着自己吧，我哪里有什么元宝呀。"

原来香囡说的是两人的名字，一个叫宝宝，一个叫如玉。两人见她思想敏捷、转机灵活，心中愈加爱她，忍不住大家又笑了一阵。

未知后事如何，且瞧下回再详。

第十二回

三路进兵全军覆没
一苗两准大获成功

　　且说宝宝、如玉、香囡三人同坐车上，嘻嘻哈哈，不到片刻工夫，那三百十一号早在眼前。这时车夫把喇叭揿了两揿，那三百十一号的大门上，就开出一尺见方的小门，里面站着一个又高又大的罗宋人，先探首向外望了望，见有一辆黑牌子汽车停着，知是这儿的老主客，他连忙把大门开了，那汽车便直放院内。如玉、香囡、宝宝三人一起跳下车来，穿过回廊，便是一进洋房，三人又一起步上楼梯，只见步梯中间地上，长条铺着地毯，却是一条长生弄，弄尽头有玻门一扇，内有紫衣童子，专司启闭。三人走进里面，就觉一阵暖烘烘的，水汀正盛，香囡见里面灯炬通明，好像白昼，人入其中，恍如阳春三月，哪里还觉得外面是天寒地冻的景象。那时见东面有长台一张，四周围坐着游客，内中也有不少花枝招展的姨太太、少奶奶，更有不少的小胡髭政客、小白脸纨绔儿，有的身穿西服，有的身衣长袍大褂，真是五光十色，各界人才，无不齐备。这个台面，差不多有两三丈长，台子的左右两头，台面上用漆漆就许多号码，台上各人面前，又列着各色不同筹码，分一元、十元、一百元三种，颜色各不相同，每一个人一个颜色，使得打起来免得混错。

香囡瞧着号码的式样，问如玉怎样押法，如玉道：

"比方你喜欢押孤注的，你便把换得的筹码摆在一号上或者五号上，只要放在一个阿拉伯字上就行，着起来一赔三十五，不过这是很难的。有押大十二的便是二十五至三十六，开出来如果在这十二个阿拉伯字之内，就算着了，中十二、小十二都是一样的。又喜欢押六门的，就是把筹码摆在三六之间的横线上，有的专门押红黑，有的专门押单双，这些都是一赔一的，这两头单圈双圈若开出来，这便是客人的晦气，无论你押什么，统统都吃，这是算作头钱的。"

香囡听了笑道：

"这样要赢钱可是真不容易。"

宝宝道：

"你们别议论，我们且坐下来再说。"

说着便拉开三只椅子，侍者见他们入局，便把三人大衣拿去，大家便一道坐下。如玉在皮夹中便点出五百元钞票，递给管吃赔的人换筹码，那人便问要换一元还是十元，如玉道：

"十元头的好了。"

那人便点了五十个淡黄色的码子给如玉。如玉接过，拿一半给宝宝，宝宝道：

"你自己押吧，我也来换五十个好了。"

说着也拿出五百元钞票，换了五十个绿色的码子，宝宝数十个给香囡，叫她随意押着玩玩，一面把台上一本小册子拿过来研究一会儿。这小册子中是每次开出的记录，预备查考的意思，其实也没有什么道理。宝宝放下册子，吸了一口雪茄，一面把四十个码子，好像着围棋似的东摆一个，西摆一个，差不多把台面上都给它摆满了。如玉见他没有意思地乱押，便笑道：

"这有什么意思呢，还不如爽爽气气地押孤丁好吗？"

说着，他便把十个码子放在二十号的孤丁上，又把十个码子放在十号的孤丁上，再把十个码子放在三十号的孤丁上。他押好了，又笑嘻嘻地对宝宝道：

"你瞧我这个押法，名目就叫三路进兵。"

宝宝也笑道：

"你这个三路进兵，恐怕及不来我的十面埋伏厉害呢。"

香囡见他两人，一个打孤丁，一个打流弹，觉得都是不合算盘，吃多赔少，她因拿起两个筹码，一个押在红上，一个押在中十二里。不多一会儿，那轮盘就轧轧地转起来，只见一个弹子带滚带跳地转了一会儿，等到盘子停下来，那弹子齐巧落在中十五的空洞里。如玉的三路进兵完全失败，宝宝的十面埋伏只中了一个小三门，可惜押的数目并不多，只有两个筹码。押三门的一元是赔八元，两个筹码是二十元，赔进的也不过一百六十元，除过其余全军覆没，还要输脱两百元。倒是香囡名下，红的赔了十元，中十二上也赔三十元，一起赢进四十元。宝宝和如玉面面相觑，都忍不住笑起来。宝宝道：

"我的兵马只剩了一万八千，抵抗敌人，颇难应付，非写紧急文书进京求救不可。"

说着便在袋内又摸出一张中国银行即期一千元支票，递给管吃赔员，换了一百个码子，又向如玉笑道：

"你瞧，救兵来了一百万，非大战一仗不可。"

说时，便糊里糊涂仍东南西北滥押。如玉道：

"你的战略没有计划，这样是白白变炮灰的，还是我把这二十个码子，再来一下五号的孤丁，这叫独路进攻，胜利起来倒有七千进账呢。"

香囡仍押十元红的，十元中十二，结果又开一个黑十六。香囡十元押红的吃去，押在中十二上又赔进三十元，抵过还赢二十元，宝宝和如玉两人，却是全军覆没。宝宝道：

"这个台子不上利，我们到那边去瞧瞧。"

如玉道：

"不错，这儿失败，那边去翻本。"

香囡道：

"我这儿尚有十六个码子，密司脱羊拿去再押一下好了。"

宝宝摇头道：

"我不押了，你这十六个码子，叫他'开许'好了。"

说着便伸手把码子拿起，递给管吃赔员，换了一百六十元钞票，交给香囡。香囡要把一百元钞票还给宝宝，宝宝道：

"你藏着是了，我譬如统统输了。"

香囡见他不要自己还了，心中真有说不出的喜欢，眉儿一扬，嫣然笑道：

"那么我老实不客气，谢谢了。"

说着，她便把钞票放到皮夹里去。三人站起，离了轮盘赌场子。如玉拍着香囡的肩儿笑道：

"香囡的颜色到底不错，我们都输钱，她却是赢的。"

宝宝道：

"这儿的输赢，虽然是很大，但我们究竟是来玩玩性质，输也输不到哪儿去，我们只要明天大条缩一便士，金子涨一百元，阿拉就好发财了呢。"

宝宝说这两句话，可知宝宝金子是在做多头了。香囡笑道：

"明儿金子一定涨三百元，密司脱羊你放心吧。"

宝宝紧握她手笑道：

"可儿，可儿，如果真的应了你的话，那我一定给你吃个大东道。"

香囡咮咮笑道：

"我张着嘴儿等着吧。"

说得三个人都忍俊不禁，大家边说边走，不觉又到了一张台子。那张台子上赌的却是牌九，押的人一样用筹码，但赌客却没有像轮盘台子那样多。香囡见他所用的牌，并不是竹做的，也不是象牙做的，乃是用外国纸所做，比扑克牌略微还要大一些，端端正正地叠在庄家面前。下风如押齐了码子，做庄的方才把台子上摆着的一只精巧的玻璃盒子用手一揿，只见里面那两颗骰子便向上跳了跳。原来盒子旁是装有机关的，那两颗骰子比寻常的要大了好几倍。这次骰子跳出来是个七点，川，庄家派牌，便先从天门派起，假使是个八点，倒，那庄家派牌便先从下门派起，这样倒也简便，大家一些儿都不会得弄错。派好牌了，各人把牌摊开，一样的有环头，有死活门。如玉见香囡立定瞧着，便笑问她道：

"你可要押两记环头？"

香囡笑道：

"我不懂什么叫环头，密司脱温教教我吧。"

宝宝笑道：

"押牌九我稍有些门槛，我们要不来做个合股三公司，让我做个司令，你们可赞成？"

如玉道：

"好是好的，但你不可和轮盘赌一样大败呢。"

宝宝笑道：

"这个当然，你瞧我的颜色好了。"

三人正在说时，只见上门翻出一只人牌和梅花，是副人牌八，天门翻出一只天牌和么四，是副天七，下门翻出一只四六和长三，正是一副长六。庄家见三门翻的是六、七、八三副牌，满望自己翻出一副小九来，便可以把押的码子如数吃进，谁知他把两张牌翻开一瞧，顿时气得目瞪口呆。你道翻的是什么？要是尽小的倒也罢了，他却偏偏是副天丁五，齐巧碰煞在长六的手里，因此赔了一个统。如玉拉了一下香囡道：

"你瞧，这就是环头出来了，这次押在上门，可以说是包赔的。"

香囡不信道：

"真吗？"

如玉笑道：

"你不见赌客们不是把码子都移到上门去吗？"

香囡回过头去，果见赌客们把赔进的钱，连本钱一起都赶到上门押去。宝宝一见上门，正是个财神环，他便连忙从身边摸出五张簇新钞票，跟着众人押在上门。庄家见这一副牌头，台面上差不多有五六万数目，因此拨动骰子时也十分注意。众人几十道眼光都集在玻璃盒子上，只见跳出来的骰子，一粒是三点，一粒是四点，又是一个川，一时庄家把牌分开。天门的牌翻开，众人不觉倒抽了一口气，原来是只幺六配二三，一副烂腐二。大家又注意下门，谁知翻出来是副幺五配二四，众人一见，都暗暗叫声环头灵了。那上门翻牌的是个老资格，他见门下门是个两点一点，心中不但不寒，而且很勇气地翻出，口中还高喊一声长三来，原来正是长二配三六。庄家见环头一门，也只不过三点，他想这环头恐怕一定要派司脱靠不住了。他心中欢喜十分，顿起精神，把牌翻开一瞧，顿时气得脸孔铁青。你道是副什么牌？原来是一张梅花，一张四六，石骨铁硬的是个大别十。众客一见环头的苗子，果然赔了，个个兴高采烈，喊了声"鲜里鲜"。鲜里鲜就是环头里向又出环头的意思。香囡本来心中也很替宝宝着急，后来见庄家竟会翻出别十，一时也瞧得呆了。如玉一拍香囡臂膀笑道：

"你瞧怎样？"

香囡回眸一笑道：

"真的灵验得很。"

这一副牌，庄里足足要赔出五万三千三百元，宝宝也赔进五百元。因他方才押下去的，都是一百元头一张钞票。宝宝回头向如玉、香囡道：

"你们瞧着，我们非这儿翻本不可。"

说着，便在身边又取出五张一百元钞票，连同方才连本带赢的一千元，统押到上门去。这个押法，名叫一挑三，原是押环头的老法子。赌牌九为什么要赌环头呢？因为环头的一门，是三把骰子赢，一把骰子吃，所以名为活门，把活门的人，赔面多输面少，老赌环的又多用一挑三方法。所以庄上一出环头，大家就很注意，做一个输赢兴旺的庄家，环头就不大灵验，若倒霉的庄，就万试万应。这完全是赌一股血气，所以翻牌的人，第一要血气旺，不可以畏畏缩缩的模样。今晚的庄上，就犯了这个畏缩毛病，他因赔了五万多，未免有些寒心，所以一连地又赔了两牌。宝宝第二次又赔进一千五百元。第三牌时，他把三千元全数覆下，竟又赔进三千元，一连共押三下，共赢洋要五千元。宝宝当时把十张一百元钞票拿回，其余五千码子，还给了他们，换即期庄票五千元一张。香囡一见宝宝果然大胜，心中无限欢喜。宝宝道：

"我们已大获胜利，不用再押了，还是到楼上吃大菜去。"

因为三百十一号里是通宵有赌有吃，就是鸦片烟他们都也备着。这真是上海第一个大赌窟了。如玉点头道：

"不错，多押没有意思。"

说着，和宝宝把香囡玉臂一挟，三人同跑到楼上一间小小的餐室，即有侍者上前招呼。三人在椅上坐下，宝宝叫他做上三客印度茄辣鸡饭，并叫先来三杯鲜牛奶。侍者答应下去。不见多一会儿，牛奶先来，宝宝边喝边笑道：

"方才这三记牌九，真赔得再适意也没有了。"

香囡咯咯笑道：

"适是适意的，但这一副环头，真也好危险。"

如玉道：

"这是因为此地的场面大，换一个地方，一苗一正赔落，早已关箱了。此地不要说一苗两正，就是再赔几下也不要紧的。因为这里的组织，原是几个广帮合伙营业。牌九名下，虽难拆蚀，但轮盘赌名下是稳稳可以赢的。"

香囡道：

"这儿一夜开销，真了不得。"

宝宝道：

"我国人的赌性，最大的要算广东人了，我记得有一年，我在广东主宾交谈，座上共有十个人，主人对众宾说道：'现在席上这一只一品大碗，把它掷在地上敲碎，看谁猜中敲碎碗片的数目，便赠彩洋一百元。'"

香囡笑道：

"这一百元谁拿出呢？"

宝宝道：

"他的办法是这样的，座上十个人，每人拿出钞洋十元，再拿白纸一张，写好各人姓名，再在各人自己名下，去注好猜的数目，有的猜四片，有的猜七片，有的猜十片，各人都不相同。"

香囡问道：

"那么羊先生猜几片呢？"

宝宝道：

"我猜一个九片。大家猜好后，即将大碗当众开彩，向地下砰的一声掷去。"

如玉忙道：

"到底谁猜中了呢？"

宝宝道：

"结果被七片的朋友猜中了，他就得了一百元彩洋。你想，这样玩意儿，真也新鲜透顶了。"

如玉和香囡听了，果然觉得异想天开、别出心裁，忍不住都笑起来。这时茄辣鸡饭也已上来，三人正喝完牛奶，大家遂吃鸡饭。香囡只吃一半便吃不下了，如玉笑道：

"你的胃口这样弱吗？"

香囡拿着帕儿抹嘴道：

"这饭很满，吃一半已了不得。"

如玉涎皮嘻脸地笑道：

"你倒真的该留一些量，因为回头我还要给你吃好东西呢。"

香囡听了这话，眸子凝视他一会儿，忽然理会过来了，不觉绯红了两颊，啐他一口，娇嗔着他道：

"密斯脱温，你这人真不是个好东西。"

如玉、宝宝忍不住咯咯笑起来，大家匆匆用完饭，如玉道：

"我们现在还是再去玩呢，还是回旅馆去？"

宝宝道：

"此刻已经三点钟了，玩的地方差不多也没有了，除非到大华通宵去，但精神够不到，我瞧还是回旅馆分红利去吧。"

香囡道：

"很好，因为我真也吃不消了。"

如玉道：

"你昨夜在干什么，怎的会吃不消呢？"

香囡嗯了一声，不依道：

"温先生，你怎么尽管喜欢盯牢我呀？"

如玉捏着她手笑道：

"我和你说着玩，你就撒娇了，好妹妹，请你别生气吧。"

香囡听了，哧哧一笑，便暗打他一记大腿。这时侍者拧上毛巾，三人揩过，宝宝摸出五元钞票一纸，交给侍者，侍者道声谢谢，三人遂即下楼去。

香囡问宝宝道：

"我们吃的，你怎么知道是五元钱呀？"

宝宝摇头笑道：

"这儿吃点心、水果、鸦片，本来都不要钱的，我给五元钞洋，不过是当侍者的小账罢了，这叫作客人蚀本，老大磨稳。"

香囡方才明白，三人说说笑笑，早已走到门口衣帽间，各人拿出号码牌，即有侍役上来对号，把大衣呢帽拿来，给他们穿上，宝宝遂又给他五元钞票。三人走出玻门回廊外，宝宝的车夫阿毛早已把车开过来，三人跳上汽车，关照开回东方饭店去。宝宝道：

"今晚时光来不及，明晚我们再来玩番摊。"

如玉道：

"昨晚我也没好好儿睡，若玩到天亮，身子真的吃不消。"

香囡呸着他笑道：

"刚才说得嘴硬，还笑我哩。"

宝宝笑道：

"你本来和老七也太似窝心了，白天里也关着门玩呢。"

香囡听了在脸上划着羞他。如玉笑道：

"老羊，你别瞎说，回头不撕你的嘴。"

三人都哈哈大笑起来。

要知后事如何，且瞧下回分解。

第十三回

落魄失魂争美色
倾家荡产是金潮

且说宝宝、如玉、香囡三人回到东方饭店，侍者揉着眼皮进来泡茶，香囡在沙发上一坐，两手向上伸了伸，又放到樱唇上去按着打哈欠。如玉见时已不早，因便笑对香囡问道：

"今夜头你只有一个身体，我们倒有两个人，你想，还是怎样分派好呢？"

宝宝道：

"老温，我瞧你还是喊老七来吧，这位香小姐是我要的，你不能抢我去的。"

如玉道：

"这个话不行，我们须得问香小姐自己的，她喜欢哪个，由她和哪个去睡，我们万不能强奸她的意见。你想，我这话可公平吗？"

说着，和宝宝两人直盯住香囡，好像立等她的答复。香囡被他们这样一阵呆瞧，心里真好难为情，听了如玉话，又真好为难，叫自己怎样答复好呢？一时低垂了头，绯红了两颊，竟说不出一句话来。

如玉见她万分娇羞，更觉妩媚可爱，因逼问她道：

"你到底喜欢哪一个呀？你不说话，你难道是怕羞吗？这又有什么要紧呢，你喜欢哪个，你就和哪个同睡好了，我们落选的一个，是决计不会再来怨恨你的。"

香囡却仍不回答。如玉走近她的身边坐下，急道：

"你怎么啦？"

香囡被他逼得没办法，便抬起头，随手把食指儿向如玉头上一点，一面又咻咻地笑道：

"温先生，你又要捉弄人了，我是都喜欢的。"

她说了这一句话，又把眼儿向宝宝一瞟，立时把两手掩着脸儿，咻咻地笑起来。宝宝见她这样，便也霍地跑过来，将香囡的脖子半偎着说道：

"香囡她喜欢我们三个人一道睡，好好，如玉，我们快把她抱到床上去吧。"

宝宝边说边将香囡搂起，抱到床上横着躺下。如玉一见，也一个翻身，急忙跟到床边，在香囡身旁躺下，却把一只右腿搁到香囡的身上去。香囡连忙叫饶道：

"密斯脱温，你快别这样，你的腿儿好重，我可吃不消哩。"

如玉哈哈笑道：

"香囡，我们方才押牌九，不是做过合股三公司嘛，现在我们三人睡在一床，若不把三条股儿合起来，那不是变成三公司拆股了吗？"

宝宝一听如玉这样说法，他便放了香囡，从床上坐起道：

"我倒忘了，现在我们把这三公司的股，真的先来拆一拆。"

说着便把自己支票簿取出。

香囡道：

"我们每一个人有多少红利好分呀？"

宝宝道：

"一共五千元，每人分一千六百元，还有二百元多。这二百元我们明儿三人去玩掉，这样好吗？"

香囡道：

"你这话不对，你方才在轮盘赌上不是先输了一千五百元吗？还有温先生也输五百元，一共是两千元。我的意思，这两千元是应该除去，那么大家再公平地分派，这样不是大家都很高兴吗？"

宝宝、如玉见香囡这样顾虑自己，一些儿不贪自己多拿，心中更加爱煞。如玉便拍着香囡嫩臂道：

"股东的提议很公道，这样我们是愈加不好拆股了。"

说着，又把右腿压到香囡的腰上来。香囡忍不住咔咔笑，一面又央求他放下来。如玉却不答应，一面又对宝宝叫道：

"除去二千，还有三千照派，三股东一致通过。"

宝宝白他一眼道："你揩油揩适意了，当然一致通过，我却不赞成。我的意思，除去输钱尚余三千元，每人应派一千元，我现在情愿把我名下一千元，也送给了你，请你把香囡这人归我，你可赞成吗？"

如玉道：

"你这话不行，钱是公司赢来的，香囡也应该公司玩的，怎么把香囡这人可以归你归我呢。一千元钱谁稀罕，我也情愿不要这一千元钱，香囡这人给我好了，因为你这时叫我到哪儿去睡好呢？难道叫我睡到马路去不成。"

宝宝道：

"你怕没有地方睡吗？老相好尽多着呢，什么美娟那里，茉莉花那里，我瞧你最好还是到老七那儿去，因为老七是你最喜欢的，好像香囡和我一样。你若一定不肯去，你瞧香囡的眼睛吧，她是恨得你什么似的呢。"

香囡听宝宝怪到自己身上来，恐怕如玉当了真，吃起醋来倒不是玩的，因忙把手儿向如玉的右手紧紧捏着，笑盈盈说道：

"羊先生，请你别冤枉人吧，现在是什么时候了，你尽管叫温先生到他相好那儿去，万一在路上受了寒气，那真不是玩的呢，况且再过一个钟头天也要亮了。"

如玉听香囡这几句话，方回过笑脸来道：

"到底香囡是个好人，是个有良心的人。"

宝宝道：

"香囡过河拆桥，她是个有了新的就忘旧的，有了你就忘了我，你说她有良心，我却偏说她没有良心呢。"

香囡瞟他一眼，又把一手去拉宝宝的手，笑道：

"羊先生又多心了，香囡年纪轻，什么都不懂的，好在天快亮了，我们三人就横着躺会儿吧。"

说着，便把两人左右拉倒，三人并头躺着，香囡本领不错，把两人应酬得无醋可吃。这时大家真也疲倦极了，香囡不住打哈欠，如玉、宝宝的眼睛也都要闭下来，所以窗外天虽亮了，他们三人却反都沉沉地睡去。

等到宝宝一觉醒来，早已中午十二点相近，如玉和香囡却犹酣睡着。宝宝因外滩尚有标金交易，便也不喊醒他们，自管自地起身，洗脸漱口，也不吃点心，便自坐车到海品洋行去。谁知一到海品洋行，少芹便匆匆进大班间来，把今日标金又惨跌八九十元的话向宝宝告知。宝宝一听，心中非常纳闷，因向少芹问道：

"这样狂跌，可有什么消息？"

少芹道：

"市场谣言不一，人心极虚，有的说花旗维持银价，有的说同行多头出笼，究竟为着哪样，实在也没知底细。"

宝宝听少芹报告，口中虽没言语，心里却好像刀割一样，因为他正在多头加码，金子一跌，他行中的损失便有几十万进出，再加汇票名下算起来，差不多就要损失一二百万，这样大的数目，你想宝宝的心里怎不要大急而特急呢？少芹见他没有话说，他便退出大班间来。不多一会儿，海关大时辰钟喤喤已敲了十二下，宝宝连忙叫侍役去喊少芹，急问他道：

"少芹，标金是什么价钱收盘的？"

少芹道：

"平日交易所里早有电话来了，今天不知为什么还没来，让我打个电话去问吧。"

少芹说时，早已把台上听筒拿起，一手拨动电话号码，向标金市场去问，回电说道：

"收盘时七百零五两，现在场外交易，已跌到六百九十两左右了。"

少芹听了，吃了一惊，一面又急问为什么这样狂跌，那边答因为大户倾向卖出，少芹还要再问，那电话早已摇断，少芹握着听筒，呆若木鸡。宝宝一见少芹如此模样，心知不妙，便急问狂跌了多少。少芹忙放下听筒，把那边收盘行情与收盘后场外交易情形告知宝宝，一面心中也很忧愁。因行中所做汇票及标金，少芹都透底明白，现在标金既然大跌特跌，行中的破产就在眼前。你想，少芹得知这个消息不是要和宝宝一样着急吗？当时宝宝听少芹报告收盘的行情，顿时急得脸色铁青，由青再变成灰白，好像触电一般，竟连半句话都说不出来。少芹见他惊到这样地步，一时也不好立即走开，站在桌旁只是发呆。

大约十分钟后，宝宝的脸色方始略为好些，他见室中并无别人，便对少芹招手，少芹因忙走近他的身边，宝宝遂附耳向他低声说道：

"少芹，你的表弟如玉这时大约尚在东方饭店十八号，你此刻快去对他说，叫他赶紧把所有的财产统统移转他人户头。本行因金价大跌，势已逼成破产地步，而行中股东是只有如玉和我两人，此外又没有他人，万一汇票到期，我和他是决计脱不了干系的。一切请你秘密进行，至要至要，此刻我心乱如麻，其他一切好在你是都明白的，我也不和你多说了。"

宝宝说了这几句话，他便站起披上大衣，戴上呢帽，就匆匆出了大班间，乘电梯下去。少芹不便多问他此刻哪儿去，送他进了电梯，自己也向侍役关照道：

"今天我不在行中用饭了。"

侍役一听，连忙递过大衣呢帽，答应了一个晓得，原来少芹这时也已升上会计主任。且说少芹急急乘车赶到东方饭店，找到三楼十八号，叫茶房开门进去，只见如玉和一个少女果然并头很香甜地熟睡着。少芹暗想：表弟荒唐得如此地步，时已到破产，他还一些儿不知道呢。一时也避不了许多嫌疑，当即大声把如玉喊醒。如玉在睡梦中一听有人叫喊，他便用两手一揉眼皮，糊里糊涂地还当是宝宝，嗔怪他道：

"你这样大惊小怪干吗，别人家正好睡呢。"

说到这里，睁眼一瞧，见是表兄少芹，一时奇怪得了不得，连忙从床上跳起，咦咦道：

"表兄，你怎么知道我在东方呀？"

少芹因为有少女在旁，不好明言，因急叫道：

"你且别问这些，表弟，你快起来，今天行里有一桩要紧事，羊先生嘱我关照你快快地返回公馆去吧。"

如玉一听少芹气急败坏地说着，当然不是玩话，心中也吃了一惊，问老羊已到行了吗，少芹道：

"他又出去了。"

说时只管在室中打转，如玉见如此模样，连忙起身盥洗。这时香囡亦已醒来，见房中多了一个陌生男子，心里很觉难为情，忙问如玉：

"羊先生呢？"

如玉道：

"他已到洋行去了，我此刻也有要事，你要睡多睡会儿好了。"

说着，便在皮夹内取出二十元钞票，叫她付去房钱。少芹向如玉耳边低低说了几句，如玉哦了一声，也不说什么。香囡见如玉形色慌张，忙问：

"温先生，什么事？怎样要紧？"

如玉不及回答，早被少芹拖着匆匆回公馆去。

再说温公馆里，除掉二姨太平日在家叫百篇等打打骨牌玩不大出门外，三姨太遏云差不多天天和蓝桥别墅一道玩。二姨太心中虽恨，但也没法可想，要想也到外面去荒唐，但自己年龄到底老了，虽然自己不曾养过，究竟儿子孙子都有了，假使再去干风流勾当，不但被亲友们笑话，对已死的五楼，似乎也说不过去。所以只好做别的消遣来解寂寞。

讲到少奶奶意心，她在小脚阿金家里和伯音打得火热，这天盼盼告诉她少爷要和她离婚的话，她心中正合意思，那天便出去和人商量，万一如玉提出离婚，她便应怎样地对付。今天意心并不出去，单等如玉回来，看他如何模样，自己便可相机行事。这时如玉和少芹已到公馆，匆匆走上楼来。盼盼喊几声少爷回来了，意心一听，便走出房来，只见如玉和少芹一同上来，并了头边走边说，好像鬼鬼祟祟地商量着什么事。意心别别一跳，以为是为了自己的事情。谁知少芹一见意心，便很温和地叫声表嫂，意心听了，也忙回叫一声：

"表伯，好久不来了，行里事情忙吗？"

少芹却并不回答，和如玉点一下头，如玉便匆匆到二姨太房中去了。意心见如玉并不回自己房来，瞧两人样子，好像在做鬼戏文模样，心中暗暗诧异。正欲问明何事，却见少芹走上前来，把意心衣袖一拉，叫她走到后房里来，一面把房门轻轻掩上。意心见少芹向来彬彬有礼，今天这种举动，难道他有什么野心吗？这断断没有如此大胆，而且也不会和这死乌龟一同回来呀，那么

137

难道是如玉和他串通一气，故意叫他前来实行非礼，好叫如玉来捉奸，造成离婚的原因吗？意心满腹狐疑，心中跳跃不停，却见少芹回过身来，又叫了声表嫂道：

"今天行里羊大班叫我前来关照你们，说行中为营业标金汇票，一起要亏损到二三百万，因为条子汇票均未轧直，所以定不来损失数目，看过去是非破产不可了。所以特地嘱我关照表弟，把所有财产统统改记过户，预备破产的时候不致连累。我想表弟名下产权，统统改为表嫂的户头，你想怎样？因为倘使改为别人的户头，恐怕又有许多不便。"意心听了这一套话，方知自己误会了他们，一时忍不住暗暗好笑，今听如玉名下产权能够过入自己户头，真是求之不得，正中下怀。当时便满口答应，回少芹说道：

"表伯，照你这样说来，那行里破产是在眼前了？"

少芹道：

"现在虽尚未发表，但恐怕也挨不到月底了。"

意心道：

"既然如此，我想这事还得和二姨太大家知会一声才好。"

少芹道：

"不错，二姨太那边，方才表弟已亲自叫她到这儿来一同商量了，现在我不过先和你说一声。"

两人正在说话，那如玉和二姨太已到厢房里来。盼盼推门进来道：

"少奶，少爷和太太叫你们了。"

两人一听，便也到厢房里来，大家一起坐下，盼盼倒上了茶，自行走出。二姨太叹口气道：

"今年我们家里真不晓得是什么瘟运交进了，老爷被人家杀死不算，现在还有这样祸事到来，这这……叫我怎样做人好呢？"

少芹道：

"现在事不宜迟，我想还是打电话给海百平律师，叫他立刻前来，先把公中的财产，作为三股照分，大房楚宝名下一股，二房如玉名下一股，其余一股作为两位姨太的私财。这样先叫律师证明，然后再将各人的产权暂时过户，如此办法，一切的疑难问题皆容易解决了。"

二姨太听了，一面珠泪盈盈地泣着，一面便对少芹叫道：

"表侄少爷的话儿很对，楚宝年纪虽轻，人已长大，我本想给他讨亲，以了心愿。现在既已如此，我把他名下一股财产，便交给他岳父去，一面就给他娶亲，虽然他爷爷丧事还没周年，但这也管不了许多了。"

如玉这时急得走投无路，听大家如此说，要这样办，也不好反对，只好默认，向少芹叫道：

"表兄，那么诸事全托了你，一切费心。"

少芹一面点头，一面遂到电话间打电话给海律师，叫他立刻就到公馆来。不多一会儿，海律师已到，少芹早在会客室中侍候，招待坐下，一面敬烟，一面便向他说明，并送上财产目录一册，内中均注有分授人记号。等分拨财产手续办过，所有如玉名下一股财产，另请海律师证明，一律划过王意心的户头；楚宝名下，亦归伊家岳父另行过户。如此先事预备，则官厅方面，将来虽然扣押封抵，当然已无财产可以执行。当时百平把财产数目从

139

头点了一遍，便对少芹说道：

"我今晚十时再把办好手续送到公馆，给众人签字。"

少芹点头答应，百平遂告别而去，少芹送他出了大门，方始又匆匆走上楼来，把这事告诉一遍，并嘱众人晚上十点钟，切勿出去。二姨太道：

"真难为侄少爷，可叫你辛苦了。"

少芹道：

"不要紧，我此刻仍要到行里去一次，倘有什么消息，我可以打电话来告诉你们。"

如玉连连答应，少芹便即告别回行。到了行里，金号里已有电话来催，说贵行交易，应添解追加保证金，每条国币一百元，限四点前缴纳。少芹心中一想：行中内容，朝不保夕，这个保证金还是解得好，还是不解的好？若不解则内容空虚，立即揭晓，表弟的手续尚未办妥，势必牵累。因此他决计准其照解，谁知一问会计方兆伯，他说羊大班刻已携去存款五万元。少芹听了这话，心中大吃一惊，但脸上又不好显出慌张模样，便转身立刻到大班间，打个电话到羊公馆，问羊大班有没有在家，叫他自己立刻来听电话。不料家中回电说羊大班并不曾回到公馆里来过，少芹听了这话，心中更加惊慌。

要知后事如何，且瞧下回再行分解。

第十四回

卷巨款逃亡携西子
了心愿抱病做新人

　　且说少芹听羊公馆中回电，说羊大班并没有回去过，一时心中更加着急非常，因为宝宝方才又向行中提取五万存款，虽说他是个大班，但少芹是当会计主任的，多少也脱不了干系。因此坐在写字台上，心中也暗暗盘算这事儿究竟如何办法。不多一会儿，又听得电话叮铃叮铃响起来，少芹慌忙伸手接过一听，却是大丰金号催缴追金，少芹被追得没法，只得信口地答道：

　　"我马上派人就送来了。"

　　说了这一句话，立刻把电话听筒搁起，一面又连连搓手，这时宝宝不在行中，一切责任倒要压到少芹的身上来。少芹左思右想，觉得这个难关，万万也逃不过门。正在踌躇万分，那电话铃又响起来，少芹以为又来催银子，意欲不去接听，但是铃声却响个不停。少芹没法，只好接过放在耳边一听，不料这个电话却正是宝宝打来，只听他道：

　　"你可不是吕少芹，请你此刻急速便到东方饭店十八号来。"

　　少芹一听，满心欢喜，以为定有相当办法，遂立刻答应就来，一面又关照下面会计员道：

"如有人来问，你只说我向银行打银子去好了。"

说着便急匆匆驱车到东方饭店，在少芹的意思，见了宝宝，便有妥善办法。谁知到了东方十八号房间，里面一个人也没有，因忙问茶役，茶役一听，便说道：

"羊先生刚才和一位女客出去了，先生可不是姓吕？"

少芹道：

"正是，那么你知道他什么时候回来啦？"

茶役道：

"这个倒不晓得，不过他出去时，羊先生曾关照我说等会儿有个姓吕的来，就把这封信交给他，想来他和你信中说明了。"

茶役说罢，便在怀里取出一封信，交给少芹。少芹接在手里，连忙拆开，走到窗口那边去瞧，只见纸上寥寥数语道：

少芹，烦您关照如玉，赶办过户手续，行事不可收拾。今赴香港暂避，留下支票五千元，请您收用，万一涉讼，请您归咎于我一人可也，再会吧。

羊留字　阅后付丙　即日

少芹瞧毕留字，又在信封中一瞧，果然尚有支票一张，因把信笺依然放入，藏在袋内，一面又问茶房道：

"你说羊先生同位女客出去，不知道这个女客是羊先生的什么人，你可认识？"

茶房笑道：

"怎么不认识，她是云桥向导社中的一个社员，名叫香茵呀。"

少芹听了，暗想：这宝宝真是个糊涂虫，行中已弄到如此地步，他倒真惬意，带着女子到香港避难去，这还能算避难吗？简直是去度蜜月了。少芹叹了一口气，便匆匆出了东方饭店，把这事告诉如玉去，谁知到了温公馆，百篇说如玉和楚宝方才被海律师来的电话叫去了。少芹正想出账房间也赶到海律师那边去，忽听电话铃响，百篇叫住少芹道：

"表少爷，大少爷正从海律师事务所来电话，叫我关照表少爷赶快就去。"

少芹一听，叫声晓得。百篇放下听筒，少芹早已回身出了温公馆，这时天已昏黑，少芹便又急急赶到海百平事务所，只见满台子上摊着都是律师证明文书。如玉、楚宝正在沙发上和海律师谈天，一见少芹，便即站起来叫道：

"表兄，这几张文书上都要表兄签一个字，请你赶紧一签就可舒齐了。"

少芹一面答应，一面把几张文书逐一地瞧过去，原来有五张是分书，一张如玉收执，一张楚宝收执，一张二姨太收执，一张三姨太收执，一张海律师备案，还有几张都是如玉、楚宝转移过户的证书。少芹把它逐一地签过字，海百平又关照如玉，叫他拿回去叫两位太太补签，万勿遗漏。如玉连连答应，遂向少芹道：

"表兄，那么我和楚宝先回去了。"

少芹道：

"很好，回头我就来的。"

143

如玉手携楚宝，遂跳上汽车回去。这里少芹待如玉回去，见室中左右无人，便向海百平把行中一切情形，细细地告诉一遍，又问海律师道：

"万一债权人起诉追款，此事应该以怎样应对？"

海百平律师连连摇头道：

"这事据你所说，你们的羊大班现在已入刑事范围，他犯的有两个罪名，一个是侵占罪，一个是携款潜逃。照我的意思，倘然被人告发，实在是吃亏的，现在我有一个很好的办法，把刑事化为民事，把急事化为缓事，未知尊意赞成吗？"

少芹道：

"贵律师能够尽心出力，替敝行这样办法，敝大班实在是非常感激，而且还要重重酬谢，兄弟焉有不赞成之理，现在请贵律师先把办法说给我听听好吗？"

海百平道：

"这个办法，就是委托律师和会计师，自动宣告清理，如是则你们羊大班的刑事犯，便无形地打消，而贵行的倒闭，表面上也比较好看一些，否则被人告一个侵占罪名，实在是不堪设想。破产虽是一样的破产，但面子上就大不相同了。"

少芹一面听，一面不住地点头，直到百平说完，他便站起，毅然说道：

"海律师的主见很不错，我方才也已考虑过两三遍了，这样避重就轻的办法，是再好没有，敝行方面，现在就暂由鄙人代表，委托贵律师准其代表敝行，于明日宣告清理，所有会计师，亦请代为指定，一切由鄙人负责。"

海百平一听少芹业已决定，他便连夜进行，一面代聘俞士杰会计师会衔登报代表海品洋行宣告暂停营业，清理账目。少芹遂又匆匆辞别海百平，急急到温公馆，只见如玉、楚宝和意心、二姨太正在吃饭。一见少芹，便忙站起，叫他一同来吃。少芹脱了大衣，盼盼盛上了饭，少芹边吃边向如玉把行中一切情形告诉他一遍。如玉道：

　　"那么就准定照海律师清理好了，你可知道宝宝现在在哪儿呀？"

　　少芹道：

　　"回头吃好饭，我给你条子看。"

　　说着，大家吃毕饭，二姨太和意心到房中洗脸去，如玉又问少芹条子在哪儿，少芹因把宝宝的留字取出，拿给如玉。如玉瞧了一遍，方才晓得宝宝在东方饭店已与香囡携手赴港，一时顿觉有阵酸气，直冲顶门。心中暗想：行中诸事，弄得这样腐败，他却很逍遥地携着爱人去了，万一万事清理，却叫我一个人去到案，这不是我倒霉极了吗？现在我也不和表兄说，我明天也暗暗带了翠娜老七，跟他到香港，和他说话去，他把行中公款带去四万五千元，照理我不是也好向他取一半用用吗？如玉心里既然抱定这个主意，他便装着没有事一般地向少芹说道：

　　"表兄，你的办法很好，宝宝真是个滥污客人，现在行中一切事情，是非得拜托表兄不可了，表兄，请你也只好竭力地帮个忙吧。"

　　少芹道：

　　"自己人这算什么话，方才拿来的文书两位姨娘不知都签了

145

字吗?"

如玉道:

"早已签了,唯楚宝的一份分书存在二姨娘手里,她的意思要交给他的岳家去掌管,而且还要给他娶亲哩。"

少芹道:

"二姨娘的意思也不错,宝儿的年纪也不小了,现在这儿的事情都好舒齐,我还要到行里去转一转呢。"

如玉也不便留他,少芹就匆匆告别走了。如玉待少芹走后,他回到楼上房中,意心早已梳洗完毕,端着杯子坐在沙发上喝茶,见如玉进来,并不理他。如玉也装作不曾看见模样,自管抽着雪茄,转着念头,明儿怎样和翠娜老七说明,怎样动身一同赴港,细细定了一个计划。这时意心也转着念头,小李的人品是这样美好,性情又这样温柔,对待自己再多情也没有了,处处服侍自己,没有不使我适意喜欢的。如玉他若真要和我离婚,那真是我的幸运了。两人呆呆地这样想,直到十一时敲过,意心方站起来,脱了旗袍到床上去睡。如玉回头,只见她身穿月白软缎衬衣、粉红软绸短裤、肉色丝袜,两乳高耸起,颊儿红红的,显出春意。如玉暗想:这贱货倒也生得动人呢,横竖明儿我要离别上海,今夜何不同她玩玩呢。如玉这样想,他便喊盼盼取瓶白兰地来,咕嘟咕嘟一口气喝下,一面叫盼盼自去安睡,一面便脱衣跳上床去,和意心并头躺下。意心背着他不睬,如玉这时酒性正浓,便伸手把她身子扳过来笑道:

"姐姐,我们好久不曾同床了。"

意心啐他一口道:

146

"你外面狂欢得有趣，哪里想到我？"

如玉想：你自己和我一样，还装作什么假惺惺，但我也不和你多说，今晚乐你一夜再说，因假赔不是道：

"好姐姐，是我的不是，以后我一定陪着你可好？"

说时，便将她小衣解开。意心见他如此温柔起来，心中好不奇怪，但自己春情早已发动，哪里按捺得下，遂也半推半就地迎上去。他们名为夫妻，一年之中也不知同过几次床，今夜久别重逢，所以兴味特别浓厚，倒整整温存了半夜，直到东方发白，方才睡去。

再说楚宝的岳父，名叫裘其俊，岳母张氏，单养一个女儿，名叫莲仙，现在上海女子中学读书，和楚宝同年。楚宝近年来和如玉狂嫖滥赌，他的岳母张氏也早已闻知，今接温公馆二姨太着人通知，要给楚宝叔侄分家，一面还把莲仙小姐娶过来，张氏接到这个消息，心里早已十二分同意，便满口答应。裘家是住在白客路，当时张氏就和温公馆来人一同到温公馆和二姨太商量结婚办法。二姨太知亲家到来，遂殷勤招待，裘太太和二姨太遂磋商了许久，便准定下来下月三日，在宁波同乡会先替楚宝举办喜事，所有楚宝一份财产，亦统归裘太太代为管理。裘太太满心欢喜，因离婚事只有七八天工夫，还要置办妆奁，所以裘太太便即告别回家。

光阴如矢，海品洋行自经海百平律师会同俞士杰会计师代表登报宣告清理后，所有一班债权人，只好向海律师事务所先行登记，静候清理。少芹为了这事，连日奔走忙了好多天，所以和如玉没有工夫会面，谁知如玉那晚和意心睡了一夜，次早起身两人

147

依然冷如冰雪，双方并不谈话，昨夜的事完全是发泄自己的性欲，只不过互相当一架机器罢了。如玉吃毕点心，就匆匆到翠娜老七那里，说要带老七到香港玩去，翠娜心中也早已爱上如玉，当时便即答应，就和如玉从上海乘船到香港。他的意思是要赶上宝宝和香囡，一则和宝宝可以在香港玩耍胡调，二则也是暂避上海讼事。

不说如玉手携翠娜赴港，再说二姨太见楚宝婚期已近，她便向意心问如玉究竟到哪儿去了，意心答：

"如玉自从那晚到海律师那边回来，次日早晨就披衣出外，现在已有五六天了，一直没回来过呢。"

二姨太心中叹息，意心更是纳闷，因此她又到小脚阿金那里找小李去寻欢，一面探问如玉消息。小脚阿金道：

"我正要来告诉少奶，你的如玉带了我们老七到香港去了，我当初也不晓得，还是今天老九告诉我呢。"

意心听了这消息，不但不恨，反而喜欢，因此她和伯音更加放胆，肆无忌惮，有时竟把伯音叫到家来，认作表弟。盼盼叫他表少爷，日夜趋候着两人。后来伯音索性夜夜宿在意心房中，有时竟白日宣淫，暗无天日，盼盼也被伯音占了去，真是享尽了艳福。二姨太虽然知道，但也无法可想。温公馆自从五楼殁后，本来像没有主人一样，现在如玉又到了香港去，更加没有主人了，所以伯音住在公馆倒成日好像是个少爷模样了。三姨太天天在扬子饭店，公馆里的事是不闻不问，只把柳小蛮和小徐两人，日夜更换地玩着。有时小蛮被人叫到外面去，小徐又背地里给蓝桥别墅占去，三姨太因为身边没人，只好把卜士仁充他们一回代表。

士仁受宠若惊，竭力奉承，有时向三姨太面前花言巧语，说小徐怎样不好，和蓝桥别墅怎样恩爱，小蛮这人也竭力地奉承蓝桥别墅，一些不知三姨太待他们好处。因此小徐、士仁虽则共事，实在是面和心不和，各人怀着鬼胎，乘隙互思中伤，往后便引起许多醋海风波，这且慢表。

且说楚宝婚期只有三天了，二姨太心想：如玉到香港去，家里又没有一个男人做主，这事究竟怎样好呢？后来忽然被他想起一个人来，你道是谁，原来就是乡下老爷阿土。她想阿土虽然是个乡下人，但到底是温家的一个长辈，我现在且写信叫他出来，待过了楚宝婚事，再送他回乡去，这样不也是一个很正当的办法吗？二姨太打定主意，便叫百篇赶紧写信去。阿土自从回家之后，田也不要种了，什么事情也都不要做了，因此天天和左邻右舍玩玩骨牌，逛逛茶馆，有时想起上海茉莉花的美丽，好像发痴般地意欲偷偷再到上海来玩一次，但又恐阿琴妹不允许，所以一向不敢提起。这日接到二姨太的来信，知道是她叫自己到上海去，为了楚宝的婚事。阿土得知这个消息，他心中喜欢得什么似的，便立刻和阿琴妹说道：

"楚宝这孩子要娶亲了，二姨太叫我到上海去帮办亲事，你去不去？"

阿琴妹想了半天，又要想一同来，但又怕海浪颠簸，不惯乘船，因为上次回家的时候，曾经吐了一夜，回到家里，又患头疼好多天，所以这次她便决意不来。一面向阿土嘱道：

"我现在也老了，船路上来回有许多不便，我想不去了。但你这次出去，不要像前次那般在外面闯祸，一过了亲事就早日回

149

来，免得我挂念。"

阿土听了，心中很喜，遂连连答应。阿土此次来上海，自以为是个老上海了，直到四点将近，便告别阿琴妹，跳下船去，行李铺盖一件都不带。次早，船平码头，他便坐了一部黄包车直到温公馆。阿土到的那日，正是办喜事的第一天，二姨太一见阿土已到，慌忙招呼，心中很是喜欢，一面安排他住下，一面问问乡下情形。阿土也问如玉在哪儿，二姨太道：

"他到香港玩去了。"

正在说时，外面亲友等都到公馆里贺喜来，大厅上和新房里都也早已设得焕然一新。楚宝那时刚从外面进来，见了阿土，叫声爷爷。阿土一见，心中很为惊讶，原来楚宝自从天天跟着如玉狂嫖，本来丰腴的脸儿，此刻已变成两颧高耸、两颊瘦削、眼睛内凹、脸白如纸的一个带皮骷髅，这难怪阿土要大吃一惊了。因忙开口问道：

"宝儿，你的脸怎么会这般瘦呀，为什么不吃些儿人参补一补呢？"

二姨太道：

"宝儿的身体向来是很胖的，这两天不晓得怎么竟会瘦得这个样子了，阿土伯伯不说，我倒也忘了，真的是要给他淘些参汤调养调养了。"

说着，她便喊娉娉给孙少爷淘参汤去。楚宝和阿土也到厅上招待贺客去了。

诸位，楚宝的身子既然这样薄弱，二姨太又何必定要急急地替他娶亲呢？这其中也有一个道理，因为二姨太自己并不曾生

150

育，如玉虽然从小抚养长大，现在自娶亲后，人大心大，件件事情都不肯听从二姨太的话。如玉不肯听话倒也罢了，就是他的妻子意心，也每每自由行动，不肯把二姨太顶在头上当作长辈看待。现在如玉不在，意心索性引进小李来干此不要脸的勾当，要想干涉她，但又怕闹事，好在彼此既已分了家，二姨太也只好一只眼开一只眼闭了。况且海品洋行又要清理倒闭，将来夜长梦多，事事都难预料，所以她决意把楚宝的妻子娶来，一则了却心愿；二则自己膝下也有个亲热些的人儿；三则楚宝终日在外闲逛，也可收收野心。在二姨太的意思，倒的确是个很好的计划，谁知因此一着之错，却又引出以下许多的祸事。

楚宝娶亲的意思，阅者既已明了，所以这次举行的婚礼，并不从事铺张，但求简便，也不借用旅社，酒菜就办在公馆里。结婚那天，两家亲友都聚在宁波同乡会里先举行婚礼，然后再回到公馆入席喝酒，就算了事。此事若五楼在日，办起来则一切铺排，当然要锦上添花，热闹得不得了，楚宝的不幸，实在也是温公馆的不幸。

阅者要知楚宝在同乡会里结婚情形，且瞧下回再行分解。

第十五回

情切切良宵惭形秽
意绵绵墓地遇旧欢

三星在户，百辆盈门，虞洽卿路上宁波同乡会门口，悬灯结彩，热闹非常，所有温公馆的亲戚朋友，无不前来参观楚宝和莲仙文明结婚典礼。那天阿土身衣蓝袍黑褂作为温家的主婚人，女家主婚人就是裘其俊，所有亲礼宾客都在西席。这时东席上，阿土正陪着海上闻人唐庚老先生，他是特地由吕少芹请来作为证婚人的。阿土瞧着壁上钟已经两点五十分，因向少芹问道：

"新人怎么还不来，我们不是说定三点钟举行结婚礼吗？"

少芹道：

"刚才我已去催过电话，汽车已经开出，大约就可到的。"

说着，又递上一支雪茄给庚老笑道：

"唐老伯，换一支烟吧，今天真对你不起。"

庚老接过道：

"你太客气，我和五楼兄在日都是要好朋友，这些原也分内之事，对于男女傧相，不知是哪个？"

少芹道：

"女傧相是新娘的表妹王紫兰，我们这儿因找不到人，齐巧

152

如玉表嫂的表弟李伯音正从南京下来，所以就拉他凑一个了。"

三人正在说时，忽听音乐队吹打起来，一时男女宾个个伸长脖子，向门外望去，只见新郎、新娘轻移莲步似的走来，两旁男女傧相扶着，后面跟着一对拉纱的孩子，等走到门口时，音乐遂停止。少芹是个司仪的职，他因便先喊男女来宾入席，次喊主婚人入席，再喊介绍人和证婚人入席，最后方喊新郎、新娘入席。一时来宾都拍手欢贺，台上钢琴和梵婀玲声也悠扬而起，新人按着节拍，慢慢走上。众人见新娘脸儿白胖可爱，正是显出处女美来。可是一见新郎楚宝的脸蛋儿，个个都吓了一跳，不但一些都没有精神，而且面黄骨瘦，和新娘一比，真有天壤之别。不说大家心中奇怪，这时少芹早又喊新郎、新娘交换饰物了。等到婚礼完毕，众来宾个个把五色花纸向新人掷去，连男女傧相紫兰和伯音也被撒了满头。新人回房休息，唐庚老有事先走，少芹又忙着送客，一面又吩咐摆上西点，让来宾个个吃过，那时已经五点多钟。公馆里二姨太来电话说：

"楚宝近日身子不好，又累了一日，叫他和新娘早些回来吧。"

少芹答称此时已到上海照相馆拍结婚照去，大约拍好就回来的。少芹放下听筒，只见裘其俊过来，说他们来宾要到杏花楼坐席去，大约没有什么事儿了。少芹点头道：

"不错，我们也要回公馆坐席去。"

一时，同乡会门外汽车连绵不断，等到众人回到温公馆，新人也早已回来，大厅上堂会也已开锣。来宾有的听戏，有的玩雀牌，有的闹新房，纷纷不一。少芹问伯音照相拍了几张，又问女傧相。伯音道：

"照相拍一打多，女傧相王小姐已用汽车把她送到杏花楼去。"

这时意心匆匆走来，好像十分忙碌一样，少芹笑道：

"表嫂今天辛苦了。"

意心道：

"也忙不了什么。"

一面问同乡会举行婚礼情形，少芹和伯音说了一些，少芹又问三姨太怎么不见。意心忙道：

"她和朱少奶、阿金姐玩骨牌。"

正说时，二姨太着人来喊少芹，少芹遂匆匆走开。意心见少芹走了，她便用手捏一下伯音笑道：

"你傧相做得有味道吗？"

伯音笑道：

"怎的没有味道，可是我只第一次做，到底有些害怕。"

意心瞅他一眼道：

"这有什么害怕，你真不中用，做这一些事就慌张了吗？我告诉你……"

说到这里，又附耳向伯音道：

"现在公馆里亲戚都知道你是我的表弟，将来你可以帮我有了一分说话的权利，你可知道吗？"

伯音点头，一面笑道：

"表姐待我恩情，真是天高地厚，今天夜里在床上，我要好好地谢表姐哩。"

意心红了脸，啐他一口，抿嘴嫣然一笑，因怕被人瞧破，两人遂各自走开。少芹到了二姨太面前问：

"喊我什么事？"

二姨太道：

"楚宝和新人回门去，我担心宝儿被他们灌酒捉弄，你和我想想，究竟叫谁伴去好？"

少芹道：

"百篇很会说话，还是叫他伴去怎样？"

二姨太点头道：

"不错，我这人真也闹昏了，竟会想不起呢，那么就请表侄少爷去和百篇关照一下吧。"

少芹答应，这时外面已经摆席，少芹一面招待来宾客人，一面叫阿二汽车侍候，让新人回门去，又叮嘱百篇小心。这时新人已换便服，众来宾又高喊早些回来，只听汽车鸣的一声开去，众人方始坐席吃喝起来。二姨太心中犹不放心，去了两个电话催他们，裘其俊也很识相，所以不到七点钟，新郎、新娘就回来了，又向各席上敬了一回酒。二姨太怕楚宝乏力，遂嘱他自和新娘回房休息去，外面的事，不用管的。楚宝答应，这里外面众宾客整整闹了半夜，且不要说它。

再说楚宝和莲仙回到房中，就有小鬟、小红迎上前来，口叫少爷少奶，一面端上玫瑰茶，一面端上百果馒头，给两人吃了一些。楚宝见莲仙新烫了最新式的飞机发，乌油油地覆着一个鹅蛋脸儿，弯弯的眉毛下，配着两只滴溜溜圆的眸珠，挺直鼻梁，薄薄的嘴唇，里面露出一排云白的牙齿，最可爱动人的，就是颊上还有一个娇媚的笑窝。不但脸儿好，手儿更丰腴得柔若无骨，楚宝这心中真有说不出的喜欢和伤心。喜欢的是，自己竟有这样美丽的妻子，不要说老八、老九及不来她，就是翠娜老七也没有她的美丽。伤心的是什么呢？自己天天跟如玉叔逛堂子吃花酒，今夜东宿，明晚西宿，现在弄得骨瘦如柴，精力不振，在这位新夫人的面前，叫我怎么对得她住。楚宝这样一想，心中真是十分惭愧，低垂了头，竟说不出一句话来，一面又暗恨如玉叔的不应该。这时莲仙也在暗暗地想：我听说楚宝这人是雪白粉嫩胖胖的一个，怎么现在竟会变成这一个样子了，照理他们这种人家，还是吃得不好，还是住得不好，难道他心中有什么不如意吗？但今天是新婚的日子，他也高兴呀，见他模样，一些精神都没有，难道他嫌我人品不好吗？莲仙一会儿想东，一会儿想西，心中正在不解，只见楚宝抬起头来，望着自己笑叫道：

"莲妹，你不是在上海女中读书吗?"

莲仙一听，因含笑道：

"是的。"

楚宝道：

"不知在哪一级了?"

莲仙道：

"去年才初中毕业，今年刚读到高中一里，和我紫兰表妹是同级的。"

楚宝听了，心中又很惭愧，因为自己的学业恐怕是不及她多哩，一面又说道：

"可是为了婚事，叫你却辍学了。"

莲仙秋波瞧他一眼，娇羞不答。楚宝道：

"我想莲妹将来如喜欢继续求学的话，依然可以的。"

莲仙听了，很是喜欢，含笑叫道：

"宝哥，你答应我吗？"

说到这里，两颊飞起一朵红云，楚宝见她如此妩媚可爱，心中非常喜悦，因也笑道：

"怎么我不答应，我想我们年纪尚轻，家里又不愁吃不愁穿，将来我也要跟着妹妹一块儿求学去呢。"

原来楚宝这时已经想明白，以前自己行为的不检，今天被这位新夫人只说了几句话，心中就感动得了不得。莲仙本来心中很怨恨，今听他说话很知礼，性情又很和，一时自然而然地对他也产生了好感，便问他道：

"你这几天身子有病吗？"

楚宝听了，知道是自己面色不好，所以她问这句话，因答道：

"前星期稍有些不适意，现在已经好多了。"

莲仙道：

"今天你又累忙了一天，既然二婆婆叫我们早些休息，我想你就此睡吧。"

说时，脸儿又红起来。楚宝听她这样体贴入微，真有说不出的感激，因站起身子，脱去大褂长袍。莲仙赶忙接过，替他挂在橱里，小红又来拉拢绿纱帷幔，向两人叫声新少爷新少奶晚安，便掩上门儿出去。莲仙也卸了晚妆，走近床边，掀开绣被，羞答答地睡进去，一面熄灭大灯泡，只开着床头旁边的一盏紫纱小台灯。楚宝只觉一阵细香扑鼻，真是软玉温香抱满怀，但是今夜无论如何，却兴不能起，心中羞惭交迸，又怕莲仙不乐，所以意欲勉强从事，不料却被莲仙阻止。只听她低低说道：

"宝哥既然身子疲倦……我们又何必贪一时的欢愉，往后日子真多着哩。"

楚宝听了这话，心中愈加感激，愈加爱她，但是愈觉得她的多情，心中也愈觉得酸楚，偎着她的颊儿，紧握了她纤手，忍不住淌下泪来。幸喜灯光暗绿，莲仙并没瞧见，楚宝和她又谈了许久，真是情投意合，感情好得了不得，后来还是莲仙催他快睡了，两人方始拥抱着入梦乡去。

次早醒来，已经是日上三竿，两人匆匆起身，小红进来服侍盥洗，两人先到二姨太那儿去请安，又到阿土和三姨太意心那边，也去请了安。这天楚宝和莲仙在房中相伴着，不曾离开一步，裘太太又着人送来许多喜果，分给亲友们吃。傍晚的时候，少芹匆匆走来，说为了海品洋行事，外界谣言众多，有的谓债权人恐欲起诉，日后有封公馆的说头。二姨太听了，心中很为忧虑，这事究竟如何办法，阿土呆呆的，更没有主意。三姨太遏云一些也不关心，她想：现在横竖老爷殁了，家产也分了，我已拿了一份，管他封不封，如果真的把公馆封了，我外面不一样好住吗？遏云既存了这个心，她从此便不回公馆来，天天住到扬子饭店的云桥向导社里，和蓝桥别墅度着浪漫肉欲的生活，只叫卜士仁天天来回传达公馆里消息。

且说意心得知这个消息，当夜便和李伯音商量，伯音问她什么主意，意心附耳向他低低说了一阵，乐得伯音心花怒放，抱着意心脸儿狂吻不止。意心嗔道：

"别太开心，我和你说话呀，我这样死心塌地地爱你、对待你，你往后若变了心怎么样？"

伯音连忙跪下道：

"我日后若负你心，天诛地灭，打入十八层阿鼻地狱，永远不得超生可好？"

意心见他立了这样的重誓，心中大喜，把他扶起道：

"只要彼此真心相爱，何苦赌此重誓。"

伯音笑着，便将她抱入绣帐。这夜伯音竭力奉承，意心笑声咯咯，淫浪丑态，不堪入耳。

诸位，你道意心出的什么主意？原来一到次日，温公馆的大门口，那块温公馆的铜牌，却已变成李公馆了。你想这样下去，伯音人财两得，不是要把他活活快活死吗？楚宝、莲仙年轻不懂事，也糊糊涂涂不注意，三姨太更不管账，阿土落得做好人，且自己年纪也老了，还是天天出去逛公司戏场。只有二姨太和少芹，觉得这事做得太没道理，但是少芹是外人，温家的事情不便多管。二姨太虽然曾和意心说明，意心却还说出一篇大道理，说她是完全为了大家的利害关系，否则日后法院果然来封了门，那不是更不好吗。二姨太无法对付她，也只好由她去。有时望着五楼的遗像暗暗偷弹眼泪。

且说这天下午，意心和伯音到小脚阿金家里去玩，楚宝和莲仙在新房中抹牙牌玩。二姨太想着如玉到香港一去不回，连信都没有，现在意心和伯音双出双归，俨然夫妻模样，肆无忌惮，一些不怕外人言论，三姨太又整天不回来，在外荒唐无度，不想老爷死后，温家竟弄到如此地步。二姨太想了一会儿，心中非常烦闷，要想喊楚宝、莲仙、阿土三人来打雀牌消遣，又觉得没有兴趣，因此还是倒在床上睡午觉。阿土见出去的出去，睡觉的睡觉，自己一个人更是寂寞无聊，他便到账房间关照百篇小心在家，自己出去游玩。百篇答应，阿土便踱出了温公馆，坐上街车，叫拉到南京路日昇楼去，因为他晓得上海地方这一段是最热闹的了。车到日昇楼，阿土付去车钿，在人行道上站了一会儿，只见马路上汽车电车来往不绝，行人如织，这在乡下，就是赛会也决没有这样热闹的。阿土呆瞧了一会儿，正欲动身向永安游艺场走去，忽见迎面走来一个妇人，身穿海皮绒大衣，里面露出元色丝绒旗袍，黑漆革履，头发梳得精光乌亮，态度风骚动人。阿土觉得好生面熟，满肚寻思，突然给他想起了，原来这个妇人正是自己早也想晚也想、嫡嫡亲亲的王太太。一时乐得不知所云，好像得着了活宝一般，连忙抢步上前去招呼。这时茉莉花也早已瞧见，暗想：今天又碰见了。因也笑脸相迎，两人握了一阵手。茉莉花娇笑道：

"温先生，我是真牵记得来，那天晚上，你怎么这样急急地逃了，害得我真害怕极了。"

阿土听提起前事，觉得很不好意思，因假问道：

"这个人到底是谁呀？"

茉莉花道：

"啥人认得他，他是一个醉汉，跑错了人家，后来给我逐出的。温先生，你蛮好迟一步走，后来你这样出去，不要冻出病来吗？"

阿土心想，王太太到底多情，因道：

"后来我竟病了三四天，险些送了性命，幸亏医生请得早，否则我们还有见面的日子吗?"

茉莉花道：

"啊呀，这真对你不起，自从那天后，我没有一刻不想你，也在床上睡了好多天，我以为你终会得来的，谁知你竟一去不回。温先生，你真想得我好苦呀。"

茉莉花说着，又把手拍阿土肩膀，阿土听了这几句话，全身骨节都酥起来，忙辩道：

"我的好王太太，我是老早就要来望你的，怎奈我的脑子很简单，你的公馆在什么路，我竟压根儿也忘记了，你说我不来看望，那你真冤枉我了。"

茉莉花笑道：

"那么今天我们真是巧极了。温先生，你有没有事？我们到跳舞场去玩玩好吗?"

阿土一听王太太叫自己到跳舞场去，心想：这我自出娘胎，还不曾去过呢，不晓得怎样跳法，去试试也好。我听人家常常唱什么乡下人，白相跳舞场，眼睛白洋洋，吓得勿敢想，难道这里有老虎不成，我倒不可以显出土头土脑神气，横竖有王太太伴着同去，那怕什么。

阿土这样想着，便毅然答应，两人遂手挽手地走到云南路扬子舞厅里。阿土一到里面，真的呆了起来，里面气候好像阳春三月，灯光五颜六色，红男绿女，笑声莺莺，再看看舞池，音乐阵阵，男女抱着拉来拉去，这在干什么勾当呀？阿土心中好不奇怪，茉莉花见他这副丑态，忍不住好笑，因拉他一下道：

"温先生，我们且坐了再说。"

两人遂坐了一只椅子，侍者泡上两盏清茶。阿土问道：

"王太太，他们这样拉来拉去做什么呀？"

茉莉花忍俊不禁道：

"这就叫跳舞，你喜欢跳，我也和你去跳好吗？"

阿土道：

"我不会怎么办？"

茉莉花道：

"明天你到我家来，我教你好了。"

阿土很喜欢道：

"我一定学会它，不知王太太公馆在哪儿？"

茉莉花道：

"就在这里太原坊十一号，今夜你和我一同去吗？"

阿土沉思一会儿道：

"今夜我还有事，明天我一定来。"

两人说时，女侍役端上点心，问阿土要吃些。茉莉花叫她放下几盘，和阿土吃着。阿土耳听着美妙音乐，眼瞧着男女热情地拥抱，嘴里尝着鲜美的点心，正所谓此间乐不思蜀，也忘记了什么时候。直到茶舞散场，客人走完。侍役拿上账单，茉莉花假意开皮夹拿钞票，阿土先要装阔，连忙抢着付去。两人出了外面，马路上早已电灯仗亮。茉莉花还想叫阿土到家里去，阿土也很想和茉莉花再去狂欢一夜，但怕二姨太说话，因说明天一定来，因为家中没有告诉。茉莉花啊呀笑道：

"原来温先生是个怕老婆。"

阿土红着脸道：

"王太太不要取笑，我今天真有事呢。"

茉莉花道：

"那么明天一定来，我等着你，不要忘记。"

阿土连连答应，茉莉花遂自走了。阿土待她走后，忽然想着了一件事，王太太家里我还有一百元钱存着。意欲叫住她问一声，但转念一想，自己真也太小家子气了。她是一个有钱的太太，她爱上了我，将来她的钱财都是我的了，这小小一百元钱数目还去说它，不是要被她看轻吗？阿土这样一想，遂急急回公馆去，只见二姨太和楚宝夫妇三人正在吃饭，见了阿土，忙叫他同吃，四人饭毕，遂各自回房。楚宝和莲仙回到新房，小红又拿上参汤，给楚宝喝了。这天已是新婚的第三夜，楚宝刚才喝了些酒，此刻又喝了参汤，精神颇觉充足，心中也很兴奋，当夜就和莲仙行了周公之礼。两人如胶投漆，恩爱非凡。不料次早起来，楚宝就有些气喘，直到下午，竟病倒床上。二姨太和阿土得此消息，吃了一惊，连忙请医诊视。医生谓身体内虚，人参是不能喝的，便开了方子。阿土一面送医生回去，一面叫人撮药，忙个不了，一时把赴茉莉花的约会，也只好暂时丢开。

且说楚宝喝了药后，也不见什么效验。如此又过了三天，这日是新婚的第六夜，楚宝气喘依然没止，而且连薄粥也喝不进，楚宝自知不救，但眼瞧着床前这位如花似玉的莲仙，粉脸暗含泪水，心中真是无限悲痛。想结婚尚只六天，房事仅一次，可怜莲妹竟要做未亡人，想她还只有十六岁的人儿，以后生活叫她怎样过下去呢？楚宝到此，泪如雨下，莲仙也淌泪道：

"好好儿又伤心什么，只要静静养息，自然病就好了。宝哥，你快别胡思乱想了。"

楚宝见她愈温柔多情，心中也愈悲痛如割。这夜，楚宝暗暗喝了一瓶白兰地，他想横竖我终要死去，也得向莲妹再温存一次。莲仙见他病得如此，怎好再行房事，遂不允许，但终究缠不过他，只好依顺了。楚宝向莲仙遂做最后的温存。待好梦回时，楚宝气喘更急，他便向莲仙叫道：

"莲妹，我们夫妻的缘分，就仅仅只有七天完了。我死后你不用悲伤，你年纪很轻，可以继续求学，将来遇到比我好的青年，依然可以嫁的，因为我很对不起你，莲妹，我实在害了你呀。"

莲仙听了这话，心似刀割，哭道：

"宝哥，你切不要说这话。一女不事二夫，我既嫁了你，到死也是你的。"

楚宝握着她手笑道：

"妹妹，我只有待来生报答吧。我希望在你腹中有了我的一块肉，那我死也瞑目了。"

莲仙饮泣不止，这时天已微明，莲仙忙喊小红去告诉二姨太和阿土。两人一听，急得六神无主，忙请中西名医，前来诊视，各名医诊毕，走到会客室，互相讨商。二姨太和阿土正欲动问病象究竟如何，忽听新房中一片哭声震耳，小红面色慌张，匆匆奔来报道：

"孙少爷已经气没了。"

二姨太一听，不觉也大哭起来，一时各名医纷纷退出。

未知后事如何，且瞧下回再详。

第十六回

听野老闲评当年事
怨寒闺独咏断肠词

且说楚宝在未婚之前，身子本已淘虚。阿土到的那天，见他骨瘦如柴，便吃惊地问他。二姨太当时急喊娉娉煎人参给他调养。谁知楚宝和如玉夜夜在外荒淫，有时终宵不睡，这样糟蹋身子，元气早丧，精髓早竭。所以一受外感，便即伤风咳嗽，种种病象皆暴露到外面来了。此刻又服了上好的人参，要知道人参这样东西，实在好像是一把杀人的刀一样，害多益少。有钱的人，往往死在人参的手里，自己却还一些儿不知道。楚宝的身子既然虚弱到这样地步，古人有句老话：虚不受补。就是黄芪、党参，尚且不大相宜，何况是最好的人参。所以楚宝自结婚后第二天，便增加一种病症，时时要气喘，不能安睡。

莲仙在未过门之前，一听妈妈对她说温家要来娶的话，心中倒也很是欢喜。表妹王紫兰，又常常取笑她，说姐夫是个雪白粉嫩胖得西瓜这么的一个。莲仙听了，虽然羞涩，而心中却暗暗得意。不料过门之后，一见楚宝，真是大失所望。楚宝这人，不但不是气宇轩昂的青年，而是个病骨支离、好像带皮骷髅般的人儿，因此心中闷闷不乐。后来洞房那夜，楚宝和她谈了许久，莲仙知他前星期曾生过病，一时心中又软下来，且听了楚宝谈话，晓得他是个多情少年，反而对他生了好感，劝他不用贪一时之欢愉，来日夫妻得意的时候正多着哩。

这样瞧来，小两口子的感情，实在是很好，可是天心终是苛酷的，要是不和睦的夫妻，整天争争闹闹的，他一些也不会死去。愈是感情好、恩恩爱爱的夫妻，他偏要把他们拆开来。楚宝和莲仙就是这个样子，说也可怜，两人终算是做了七天的夫妻，楚宝便溘然长逝。死的人倒也不觉得什么，只不过极短时间的痛苦。倒是这位莲仙小姐，新少奶这一句称呼，别人家还不曾叫畅，倒如今却已做了未亡人，这真可算是世间上最最伤心的人了。

当楚宝在里面咽气，中医、西医尚在外室拟方子，直到房中莲仙大哭，小红来报，各医生方始各个垂头回去。阿土一听楚宝已死，又见二姨太哭倒地上，一时急得不知如何是好。一面叫小红扶起二姨太，一面便奔进房来，只见莲仙伏尸大哭。阿土没法劝她，方欲奔出喊人，二姨太早已闯进房来，口喊：

"宝儿呀，我的宝儿，你竟真的丢了我们去吗？叫新少奶以后怎样做人呀。"

莲仙一听这话，便哭得哀痛欲绝。阿土见此情形，连忙去喊意心，只见意心和伯音齐巧走下楼来。阿土忙道：

"宝儿死了，你们快去呀。"

意心听了，不但一些不伤心，反冷冷说道：

"这种痨病鬼，迟早终要死的。有什么大惊小怪呢。"

说着，便自和伯音携手出大门而去。

阿土听了，倒是一呆，但自己并不是她正式爷爷，倒也奈何她不得。意欲喊三姨太遏云去，曼曼说三姨太已好多天没回来了。这时温公馆里，早已变为各人自扫门前雪，不管他人瓦上霜了。阿土心想：这事非喊表侄少爷少芹来不可了。因到账房间，即打电话给少芹，说"楚宝死了，你快来一次"。少芹接到这个电话，啊了一声，便即挂断，立刻匆匆到温公馆。一见二姨太和莲仙号哭不已，阿土暗暗垂泪，此外一个人都没有，又见楚宝直挺挺地躺着。一时心中无限酸楚，不觉也淌下泪来。

楚宝身后之事，三姨太本来不管账，王意心差不多要实行做李太太了，所以更不过问。阿土是没有主意、没有见识的一个乡下人，又哪里上得来正场。莲仙痛哭都来不及，一切更不管了。这样说来，楚宝的后事，是只有二姨太和少芹两人料理的了。这时曼曼、娉娉、盼盼都来拧手巾倒茶，劝住二姨太和莲仙，少芹一面到账房，叫百篇出外办买衣衾棺椁；一面打电话到道德院，喊十二和尚来做佛事。这样忙到下午，衣衾棺椁早已买来，一时把楚宝移尸厅上，入殓盖棺。二姨太和莲仙撞撞颠颠哭个不了，和十二和尚念佛之声相和，倍觉凄凉。少芹对着楚宝桐棺，想起旧情，觉得姑父在日，家中何等兴旺，现在姑父殁了，真是家门不幸，丑声四扬，败尽门楣。楚宝在日，虽然孽由自作，现在结婚不到十天，突然身死，死的人倒也一无所知去了，可是剩下的，真是害了莲仙她一世终身，怎不要叫她哀痛欲绝。少芹想到此，也着实替莲仙伤心，暗暗淌了一回泪。

次日开丧出殡，预备把棺木暂时停放日晖港四明南厂。这天出殡，只有莲仙带着小红乘一辆汽车送丧，身后的凄凉，真是一言难尽。若和他爷爷五楼相比，大有天壤之别，令人生无限感慨。少芹既把楚宝棺木安放稳妥，诸事舒齐。莲仙又痛痛地哭了一场，小红扶着，含泪相劝。少芹也劝她道：

"勿过事悲伤，还是先回家去休养吧，你自己也有好几天没好好儿睡了，身子到底要紧。"

莲仙只得收泪，在依恋不舍下又时时回过头来。小红扶她跳上汽车，阿二便开回公馆去。少芹待她走后，自己也向楚宝桐棺挥了几点泪，方始也跳上汽车，徐徐而回。谁知斜土路上，路政不修，马路七高八低，车开到转弯地方，突然被碎石一碾，那车胎竟啪的一声响亮，泄气爆裂，倒把少芹吓了一跳。车夫见车身停在马路中，不能前进，他便跳下汽车来修理。少芹见他修理要花好一会儿工夫，他便也跳下车厢，关照车夫道：

"我到对过小茶馆去坐一会儿，你修好来叫我好了。"

车夫答应，少芹便慢慢踱进茶馆店，拣了一张干净桌子坐下。这儿喝茶的人，大半都是就近工人居多。堂倌儿见少芹坐下，便前来招呼泡茶，这时少芹隔座上，老早就坐有两个工人模样的男子。一个脸色苍老，两颊瘦削，嘴唇上还留有一撮胡须，看过去已经有六十多岁的年纪。一个方面大耳，脸儿红黑，好像是个本地乡人，也有五十光景。这时只听那乡人向那留胡须的问道：

"文林哥，你说这都是温五楼待人刻薄的报应，你倒说给我听听，他究竟是个怎样的人呀？"

那留胡须的老者，一听他问，他便先把火柴划着，燃了一只烟卷吸着。一面又叹口气，向那乡人道：

"老王，这已是二十年前的事了，我记得我到海品洋行当栈司的时候，那温五楼也还只有当一个会计主任。那时行里的大班，就是一个葡萄牙人，名叫华尔。华尔办这个洋行，也有许多年头，这时还有一个副大班，名叫羊季汤，他是一个中国人，就是羊宝宝的爸爸，季汤和五楼是一个联手。华尔在日，时常来回葡萄牙和上海两处，所以行中大权交给了两人，因此两人已经舞弊不少。后来华尔死在海外，不回来了，羊、温两人，就把行中的老同事，一个一个地辞歇出去，他们所以要歇老同事的生意，就是他们要吞没华尔的产业，恐怕碍着手脚的缘故。但是古人有句话：人有千算，天只一算。铜钿银子是要下辛苦去挣来的，方才保得住久远，若是用心机向人家谋来的，不但不能久享，而且一定还有横祸。你不信，试瞧温五楼就是一个好榜样。"

这时少芹听他们谈的，真是姑父家中的事情，因此便用心静静地听下去，只见那个乡人又问道：

"温五楼吞没华尔的财产，现在他人已被强盗杀死，这也可算是得了报应。但现在怎么还要让他年纪轻轻的孙子也死去呢？这天老爷也责罚得太厉害了。"

那老者听了，便作色道：

"你晓得方才出丧的这个孙子，是哪个把他弄杀的，就是他的儿子谋杀呀。"

乡人一听，脸上现出惊讶模样道：

"怎么他的儿子会谋杀孙子呢？那不是谋杀自己的儿子吗？这句话恐怕不实在吧。"

那老者听了，便笑道：

"我说出来，你自然明白了。他的儿子，名叫如玉，如玉自己，原也是个螟蛉子。五楼既领了一个螟蛉子，他还觉得不放心，因为恐怕如玉把家产花光。所以他便又在族中过继了一个孙子，以便如果一个不争气的话，一个终可以保得牢。这样他是想得非常周到，不料竟被如玉所妒忌，他恨他老子不该再过继什么孙子，算是大房的下代，将来倒要被他分去一半家产，因此他便要设法害死他。"

那乡人听到此，便又急问道：

"他用什么方法害死的呢？"

那老者喝一口茶，说道：

"如玉虽然不用刀去杀他，不用枪去开他，可是他的手段真比拿刀枪还要厉害得多呢。"

说时，又叹口气道：

"这种法子真也是亏他想得出，原来当他孙子楚宝在未成年之时，如玉便引他到堂子里去嫖女人，你想这楚宝是个发育未全的童子，怎不要死在女色上面呢？但是楚宝早也不死，晚也不死，却偏偏要死在分产结婚之后，如玉要想吞他一份财产，老天却偏偏不许吞，你想这不是用尽心计白辛苦吗？现在我听有人说，如玉不但吞不到财产，恐怕连自己财产和妻子也要被人夺去了。"

那乡人忙笑问这是什么话，那老者道：

"海品洋行自五楼死后，接任大班的是羊宝宝，谁知不到三月，竟大蚀其本，宝宝避到香港避难，如玉也跟着上去。家中剩下的妻子意心，便在外滥交异性，果然给她找到一个姓李的少年，引到家中，假称表弟。近来听说为了海品洋行讼事，恐怕法院封门，竟把温公馆改成了李公馆。老王，你想这不是一桩大笑话吗？"

那乡人笑道：

"这真是个笑话，好像新闻一样，倘使有人会编小说的话，把温家的事倒可以原原本本地编一册呢。"

那老人道：

"所以上海地方，无奇不有，这些事只不过孽海上一角罢了，在海国春秋中的种种黑幕，真不知道尚有多多少少哩。"

两人说到这里，都好像非常地感慨。那时老人喝了一口茶，又笑着道：

"人家说如玉这个人，就是华尔转世，所以头发带黄，鼻子高高，现在看起来倒也颇觉相像。"

少芹正要再听下去，忽见汽车夫匆匆走来，向少芹叫道：

"吕少爷，轮胎修好了。"

少芹一听，只好付去茶资，匆匆出了茶馆，跳上汽车，那车便依然向前行进。少芹坐在车厢之中，心里只是想着方才两个老人的谈话，真觉句句有理，可见得天下事，总要光明正大，万不可只顾眼前，不顾身后。像姑父和羊季汤的行为，我虽然不能够彻底地明了，但那老人的说话，说他从前是海品洋行中的一个老栈司，想来我进行的时候，他是早被姑父歇出去的一个了，所以我不认识他，他也不认识我。他说温家的事有一部小说可编，唉，想着了如玉、意心、遏云、楚宝等行为，怎不要给外界当笑话讲呢？要是姑父魂而有知，真要痛哭九泉哩。

171

不说少芹在车上一个人暗暗地伤感，那车早已回到公馆里，大厅上寂寂无声，鸦雀不闻，只听一阵凄惨哀哀之哭声从新房中发扬出来。少芹听了，颇觉酸鼻，忙急急步入新房，只见莲仙在沙发上乱撞乱颠地号啕大哭，二姨太坐在一旁，一面劝她，一面也啜泣不止。丫头、老妈子默默地站了满房，颊上也含着泪痕。少芹睹此情形，真好像是一幅泪血图，凭你铁石心肠的人瞧了，也要伤心泪落。小红见少芹进来，便扶住莲仙，一面哭道：

"少奶，你再不要痛哭了，表叔也回来了。"

莲仙听少芹在房，不好意思撞撞颠颠地哭，少芹因也含泪劝道：

"宝嫂子，你不要再哭了，人死不能复生，你自己身子也要紧呀，况且嫂子上有双亲，下有弟妹，将来在家则奉侍双亲，出外则服务社会，人生也自有乐趣。"

莲仙这时咽喉早哑，听了少芹的话，终算收束泪痕，止住撞哭。老妈子急拧上手巾，泡上好茶。二姨太道：

"莲儿，你只管放心，我们娘儿两人，相依为命。"

说到此，泪又暗落，此时早已上灯，外面已经开饭，莲仙说：

"吃不下，婆婆和表叔去用吧。"

二姨太因喊小红炖燕窝粥给新少奶吃，又安慰几句，方和少芹出去吃饭。莲仙倒在床上，思前想后，忍不住又呜咽不止。

光阴似流水般地过去，莲仙以泪洗面，度着寂寞孤零的生活，不觉已到了楚宝终七之期，那时雨雪飘飘，正是腊尽春回。所有菜馆、绸庄、汽车行，纷纷都有发票送来，都是楚宝在日所

172

欠的账面，共约五千几百元，莲仙都叫账房间逐一付清。此外又有小花园三马路堂子里的娘姨，络绎来到公馆送礼，并收局票账，后来一听如玉避难香港，楚宝却已早故，一时个个面面相觑，垂头丧气。莲仙知是堂子里来的人，心中十分痛恨，因为楚宝的死实在是死在一班伯人的手里，所以立刻喊账房间将她们大声骂出。这天下午，裘家也着仆妇来送礼，并对莲仙说道：

"莲小姐，太太劝你也不用伤心了，且待过了大年夜，明儿就回家去吧，小姐年纪这样轻，依然可以入校去读书，你的紫兰表妹也很记挂小姐呢。"

莲仙低头不语，仆妇林妈又絮絮道：

"现在温家的名誉，外面是一塌糊涂，三姨太是开男堂子，婶娘又偷汉子，小姐住在这种人家，也多么不如意，况且小姐正当妙龄，岂能为了这个旧礼教而牺牲小姐一生幸福。小姐和姑爷又不是十年八年的夫妻，恩恩爱爱，心中不忍。现在这个宝姑爷他自己东嫖西嫖，害死了自己不算，还连累小姐，这他是多么的不应该，像小姐这样人品才貌，难道会配不着一个好姑爷吗？"

莲仙听到这里，觉得以下的话愈说愈不雅，因抬头道：

"林妈，你给我回太太去，说小姐非常感激太太，但小姐既已嫁了温家，终得也待姑爷过了周年，再住到家来玩玩。"

说时，莲仙又摸出五元头钞票一张，赏给林妈，说谢谢太太，送来这许多东西。林妈听了，也只好自行回裘公馆去。莲仙待林妈走后，又细细把林妈的话想了两遍，这大概是妈妈的意思，故意叫林妈来劝我的。一时又想起楚宝临死的时候恩爱缠绵的情形和他自己也劝我改嫁的话，心中真觉得万分心酸，不觉又泪下如雨。暮色降临大地，小红前来捏亮电灯，见莲仙泪痕满颊，因端上一盆水，喊少奶擦把脸儿，莲仙站起，对镜望了一会儿，暗暗叹声自语道：莲仙，你以后的生活将怎样过啊！一时忽又想着少芹劝自己的话："嫂子上有双亲，下有弟妹，将来在家奉侍双亲，出外服务社会，人生也自有乐趣。"想到此，又长叹一声，正在柔肠百转，暗自伤心，忽见娉娉来道：

"二姨太请少奶吃年夜饭去。"

莲仙拭干泪水，强作笑容道：

"刚才吃了一些点心，此刻很饱，请太太先用吧。"

娉娉答应自去。

天空中一声声的爆竹彻夜不停地响着，人家是都已团圆甜蜜地度岁了，只有莲仙的兰闺，冰清水冷，毫无一些生气。这时莲仙坐在窗旁的一张写字台旁，背灯暗泣，自伤身世，忽然隐隐地听到东面楼上一阵嘻嘻哈哈的笑声，笑声里还夹杂着男女谑浪的声音。原来东面楼上便是意心的妆阁，意心引小李做入幕之宾，近更把温公馆都改为李公馆，好像她已经嫁给了伯音一般。此刻意心和伯音正在房中饮酒作乐，欢然纵笑，绝不避人耳目。莲仙对他们俩苟且行为，此时也早已了然，心中虽然羞愤，但也无权过问。一会儿又掩着脸儿抽抽噎噎地哭道：

"天呀，我薄命的人呀，我不晓得前世里究竟做了什么罪恶，今生竟受尽了这样惨苦的境遇。"

说罢，一时无限幽怨陡上心头，不觉又隐隐念道：

天胡为其蓍蓍兮，月明胡为其不圆，恨胡为其绵

174

绵兮。

花胡为其萎捐，才有愧于谢女兮，质皎洁乎婵娟。

君缘悭兮妾命薄，妾命薄兮天何酷，天何酷兮呜
呼，郎不寿兮骤俎。

长夜漫漫，凄绝哀怨。莲仙之心苦，莲仙之恨更长。

作者到此，就把它暂告一个结束，阅者如要知道如玉和宝宝
在香港怎样生活，意心和伯音怎样归根结底，阿土到茉莉花家怎
样重闹笑话，三姨太遏云在外怎样浪漫，莲仙究竟如何结局。种
种新鲜事实、离奇情节，且待有机会时再行慢慢地报告读者吧。

附　录

从鸳鸯蝴蝶派谈到冯玉奇小说

裴效维

《民国通俗小说典藏文库·冯玉奇卷》将收录冯玉奇的百余种小说作品，此举极其不易。现在，我愿以这篇文章给出版者呐喊助威。尽管我人微言轻，但我毕竟是一个中国文学的研究者，为鸳鸯蝴蝶派说些公道话是我的责任。

冯玉奇是一位鸳鸯蝴蝶派作家，因此我们要想了解冯玉奇，必须首先厘清有关鸳鸯蝴蝶派的一些问题。

一、何谓鸳鸯蝴蝶派

鸳鸯蝴蝶派作家平襟亚在《关于鸳鸯蝴蝶派》（署名宁远）一文中对鸳鸯蝴蝶派的来历说得很清楚：

> 鸳鸯蝴蝶派的名称是由群众起出来的，因为那些作品中常写爱情故事，离不开"卅六鸳鸯同命鸟，一双蝴蝶可怜虫"的范围，因而公赠了这个佳名。

——载香港《大公报》1960 年 7 月 20 日

179

可见鸳鸯蝴蝶派并不是一个有组织有宗旨的小说流派，而是因为当时流行的言情小说多写一对对恋人或夫妻如同鸳鸯蝴蝶般相亲相爱，形影不离，因而民间用鸳鸯蝴蝶小说来比喻这种言情小说，那么这种言情小说的作家群当然也就是鸳鸯蝴蝶派了。这种说法应该是可信的，因为民间常用鸳鸯和蝴蝶来比喻恋人或夫妻，很多民间文学作品中不乏其例。这一比喻非常形象生动，但并无褒贬之意，因此不胫而走。

传到新文学家那里，便加以利用，并赋予贬义，作为贬低对手的武器。但新文学家对鸳鸯蝴蝶派的界定并不一致，大致有两种看法。

一种看法认同民间的比喻说法，即将鸳鸯蝴蝶派小说局限为通俗小说中的言情小说，将鸳鸯蝴蝶派局限为言情小说作家群。鲁迅是这种看法的代表，他在 1922 年所写的《所谓"国学"》一文中说："洋场上的文豪又作了几篇鸳鸯蝴蝶派体小说出版"，其内容无非是"'卿卿我我''蝴蝶鸳鸯'"（载《晨报副刊》1922年 10 月 4 日）。又于 1931 年 8 月 12 日在社会科学研究会做了《上海文艺之一瞥》的长篇演讲，其中对鸳鸯蝴蝶派小说更做了形象而精辟的概括：

> 这时新的才子 + 佳人小说便又流行起来，但佳人已是良家女子了，和才子相悦相恋，分拆不开，柳阴花下，像一对蝴蝶、一双鸳鸯一样。

——连载于《文艺新闻》第 20、21 期此外，周作人、钱玄同也持这种看法。周作人于 1918 年 4 月 19 日在北京大学文科研究所小说研究会做《日本近三十年小说之发达》的演讲中，就说现代中国小说"还有《玉梨魂》派的鸳鸯蝴蝶体"（载《新青年》第 5 卷第 1 号）。次年 2 月，周作人又发表《中国小说里的男女问题》（署名仲密）一文，认为"近时流行的《玉梨魂》，虽文章很是肉麻，（却）为鸳鸯蝴蝶派小说的鼻祖"（载《每周评论》第 5 卷第 7 号）。与周作人差不多同时，钱玄同在 1919 年 1 月 9 日所写的《"黑幕"书》一文中也说："人人皆知'黑幕'书为一种不正当之书籍，其实与'黑幕'同类之书籍正复不少，如《艳情尺牍》《香闺韵语》及'鸳鸯蝴蝶派小说'等等皆是。"（载《新青年》第 6 卷第 1 号）这种看法后来被人称之为"狭义的鸳鸯蝴蝶派"看法。

另一种看法却将鸳鸯蝴蝶派无限扩大，认为民国年间新文学派之外的所有通俗小说作家都是鸳鸯蝴蝶派，他们的所有通俗小说都是鸳鸯蝴蝶派小说。这种看法的代表人物是瞿秋白和茅盾。瞿秋白从小说的内容方面来扩大鸳鸯蝴蝶派小说的范围，他在《财神还是反财神》一文中说，"什么武侠，什么神怪，什么侦探，什么言情，什么历史，什么家庭"小说，都是鸳鸯蝴蝶派小说（见人民文学出版社 1953 年 10 月版《瞿秋白文集》）。茅盾则从小说的形式方面来扩大鸳鸯蝴蝶派小说的范围，他在《自然主义与中国现代小说》一文中认定鸳鸯蝴蝶派小说包括"旧式章回体的长篇小说""不分章回的旧式小说""中西合璧的旧式小说""文言白话都有"的短篇小说（载 1922 年 7 月《小说月报》第

13 卷第 7 号）。这种看法后来被人称之为"广义的鸳鸯蝴蝶派"看法，而且逐渐成为主流看法，以致后来的文学研究者都接受了这种看法。

新文学家不仅在鸳鸯蝴蝶派的界定问题上分成了两派，而且在鸳鸯蝴蝶派的名称上也花样百出。如罗家伦因为徐枕亚等人好用四六句的文言写小说，便称其为"滥调四六派"（见署名志希的《今日中国之小说界》，载 1919 年《新潮》第 1 卷第 1 号），但无人响应。郑振铎因为《礼拜六》杂志为鸳鸯蝴蝶派的主要刊物之一，便称其为"礼拜六派"（见署名西谛的《新文学观的建设》一文，载 1922 年 5 月 21 日《文学旬刊》第 38 号）。这一说法得到了周作人、茅盾、瞿秋白、朱自清、阿英、冯至、楼适夷等人的响应，纷纷采用，以致使用频率越来越高，知名度越来越大，终于成为鸳鸯蝴蝶派的别称了。于是"鸳鸯蝴蝶派"和"礼拜六派"两个名称便被新文学家所滥用。如郑振铎在《新文学观的建设》一文中称"礼拜六派"，而在《〈文学论争集〉导言》一文中却称"鸳鸯蝴蝶派"（见上海良友图书公司 1935 年 10 月出版的《新文学大系·文学论争集》卷首）。还有人在同一篇文章里既称鸳鸯蝴蝶派，又称礼拜六派。如阿英在 1932 年所写的《上海事变与鸳鸯蝴蝶派文艺》一文中说：张恨水的所谓"国难小说"，与"礼拜六派的作品一样，是鸳鸯蝴蝶派的一体"，"充分地说明了鸳鸯蝴蝶派的作家的本色而已"（见上海合众书店 1933 年 6 月出版的《现代中国文学论》）。

茅盾在 20 世纪 70 年代觉得统称鸳鸯蝴蝶派或礼拜六派都不合适，于是提出了一个折中的看法，他在《紧张而复杂的生活、学习与斗争（上）——回忆录（四）》中说：

> 我以为在"五四"以前，"鸳鸯蝴蝶派"这名称对这一派人是适用的。……但在"五四"以后，这一派中有不少人也来"赶潮流"了，他们不再老是某生某女，而居然写家庭冲突，甚至写劳动人民的悲惨生活了，因此，如果用他们那一派最老的刊物《礼拜六》来称呼他们，较为合式。

——载 1979 年 8 月《新文学史料》第 4 辑

事实是该派在"五四"前后没有根本变化，都是既写言情小说，又写其他小说，将其人为地腰斩为两段，既显得武断，又无法掩盖当时的混乱看法。

这些混乱的看法导致后来的文学研究者无所适从：或沿用"鸳鸯蝴蝶派"的说法（如北大本《中国文学史》和《中国小说史稿》、复旦本《中国文学史》和《中国近代文学史稿》等）；或沿用"礼拜六派"的说法（如山东师院本《中国现代文学史》等）；或干脆别出心裁地称之为"鸳鸯蝴蝶—礼拜六派"（见汤哲声《鸳鸯蝴蝶—礼拜六小说观念的价值取向及其评价》，载《苏州大学学报》1992 年第 2 期）。这可真算是中国小说史上的一出有趣的滑稽戏了。

二、如何评价鸳鸯蝴蝶派

鸳鸯蝴蝶派的开山作品是 1900 年陈蝶仙的言情小说《泪珠缘》，因此鸳鸯蝴蝶派应该是指言情小说派，这也就是后来的所谓"狭义的鸳鸯蝴蝶派"，但被新文学家扩大为"广义的鸳鸯蝴蝶派"，实际上也就是民国通俗小说派。

鸳鸯蝴蝶派与同时期的"南社"不同，既没有组织，也没有纲领，而是一个在思想倾向和艺术风格上大体相同或相近的小说流派，连"鸳鸯蝴蝶派"这一招牌也是别人强加给它的。然而客观地说，鸳鸯蝴蝶派确实是一个产生过巨大影响的小说流派。在"五四"以前的近二十年间，它几乎独占了中国文坛；在"五四"以后的三十年间，虽然产生了新文学，但新文学只是表面上风光，而鸳鸯蝴蝶派却一派兴旺发达景象。我对"广义的鸳鸯蝴蝶派"做过不完全的统计：该派作家达数百人，较著名者有一百余人，所办刊物、小报和大报副刊仅在上海就有三百四十种，所著中长篇小说两千多种，至于短篇小说、笔记等更难以计数。在此前的中国文学史上，还没有哪个文学流派有过如此宏大的规模，产生过如此巨大的影响。

鸳鸯蝴蝶派由于规模宏大，又处在历史的一个巨变时期，其成员的确鱼龙混杂，其作品也良莠不齐，但总体来说，它形象地记录了中国二十世纪前五十年的历史，为中国读者提供了丰富的精神食粮，对中国小说的传承起过积极作用，因此应该给予充分的肯定。

鸳鸯蝴蝶派小说已经不是中国传统通俗小说的复制，而是一种改良的通俗小说。在形式方面，它既采用章回体，也采用非章回体，甚至采用了西洋小说的日记体、书信体等，至于侦探小说则更是完全模仿自西洋小说。在艺术手法方面，受西洋小说的影响非常明显，如增加了人物形象和景物描写，结构与叙事方式也趋于多样化，单线和复线结构并用，第三人称和第一人称叙述法兼施，还采用了倒叙法和补叙法。在内容方面，鸳鸯蝴蝶派小说已经扩大了描写范围，反映了当时社会生活的各个方面，甚至已经紧跟时事，及时反映当前的社会现实，被称为"时事小说"。如李涵秋的《广陵潮》描写辛亥革命，而他的《战地莺花录》则描写五四运动，这种及时反映当时发生的重大政治事件的小说，与多写历史故事的古代小说完全不同，显然是一大进步。鸳鸯蝴蝶派的言情小说，也不同于古代的才子佳人小说，而是一种新才子佳人小说。古代的才子佳人小说因面对森严的封建礼教，只能写才子与佳人偶尔一见钟情，以眉目传情或诗书传情的方式进行交流，最后皆是有情人终成眷属的大团圆结局。而这种大团圆结局完全是人为的：或出于巧合，或由于才子金榜题名，皇帝御赐完婚，这就完全回避了封建包办婚姻的问题。而民国年间的封建礼教已经在一定程度上松绑，尤其像上海、北京等大城市得风气之先，恋爱自由和婚姻自主思想已经渐入人心。因此有些鸳鸯蝴蝶派的言情小说也突破了古代才子佳人小说的窠臼，才子佳人已经敢于"相悦相恋，分拆不开，柳阴花下，像一对蝴蝶、一双鸳鸯一样"。其结局也不再全是有情人终成眷属的大团圆，而是"有时因为严亲，或者因为薄命，也竟至于偶见悲剧的结局……

这实在不能不说是一个大进步"（鲁迅《上海文艺之一瞥》，连载于 1931 年 7 月 27 日、8 月 3 日《文艺新闻》第 20、21 期）。言情小说由大团圆结局到悲剧结局的确是一个大进步，因为前者是回避封建包办婚姻礼制，而后者是控诉封建包办婚姻礼制。而这一进步的开创者是曹雪芹和高鹗，他们在《红楼梦》里所写的婚姻差不多都是悲剧。因此胡适称赞《红楼梦》不仅把一个个人物"都写作悲剧的下场"，而且最后"作一个大悲剧的结束，打破了中国小说的团圆迷信"（《〈红楼梦〉考证》，见 1923 年亚东图书馆版《胡适文存》）。可见鸳鸯蝴蝶派的言情小说在一定程度上继承了《红楼梦》开创的爱情婚姻悲剧模式，因而具有相当的反封建意义。我们可以徐枕亚的《玉梨魂》为例加以说明，因为该小说被新文学家指为鸳鸯蝴蝶派的代表性作品。

《玉梨魂》的故事很简单——清末宣统年间，小学教员何梦霞与年轻寡妇白梨影相爱，但两人均认为他们的这种行为是不道德的。为了得到感情的解脱，白梨影想出个"移花接木"的办法，即撮合何梦霞与自己的小姑崔筠倩订了婚。然而何梦霞既不能移情于崔筠倩，白梨影也无法忘情于何梦霞，结果造成了一连串的悲剧——白梨影在爱情与道德的激烈冲突下郁郁而死；崔筠倩因得不到何梦霞之爱而离开了人世；白梨影的公公因感伤女儿、儿媳之死而一病身亡；白梨影的十岁儿子鹏郎成了孤儿。何梦霞为排遣苦闷，先赴日本留学，继又回国参加了辛亥武昌起义（即辛亥革命），壮烈牺牲。

《玉梨魂》不仅描写了一个爱情婚姻悲剧，而且不同于一般的爱情婚姻悲剧。一般的爱情婚姻悲剧都是由封建势力造成的，即由包办婚姻造成的；而《玉梨魂》所写的爱情婚姻悲剧，其原因却是何梦霞和白梨影自身的封建道德。他们既渴望获得恋爱自由和婚姻自主的权利，又不能摆脱封建道德和封建礼教的束缚，两者激烈冲突，造成三死一孤的惨剧。从而揭露了封建道德和封建礼教的影响力是多么巨大，它已深入人们的骨髓，使其不能自拔。因此，它的反封建意义比一般的爱情婚姻悲剧更为深刻。

其实，新文学阵营也不是铁板一块，虽然大多数新文学家对鸳鸯蝴蝶派全盘否定，但也有少数新文学家态度比较客观，他们对鸳鸯蝴蝶派也给予一定的肯定。鲁迅是其中最突出的一位，他不仅认为某些鸳鸯蝴蝶派的悲剧言情小说是"一大进步"，而且不同意某些新文学家对鸳鸯蝴蝶派消极影响的夸大其词。他说：

> 至于说他流毒中国的青年，那似乎是过虑。倘有人能为这类小说所害，则即使没有这类东西也还是废物，无从挽救的。与社会，尤其不相干，气类相同的鼓词和唱本，国内非常多，品格也相像，所以这些作品也再不能"火上添油"，使中国人堕落得更厉害了。

——《关于〈小说世界〉》，载《晨报副刊》
1923 年 1 月 15 日

这种客观的观点与前述周作人无限夸大鸳鸯蝴蝶派作品能使国民生活陷入"完全动物的状态"乃至"非动物的状态"的观点形成了鲜明对比。当抗日战争爆发后，鲁迅更提倡文学界的抗日统一战线，主张团结鸳鸯蝴蝶派一起抗日。他说：

> 我以为文艺家在抗日问题上的联合是无条件的，只要他不是汉奸，愿意或赞成抗日，则不论叫哥哥妹妹，之乎者也，或鸳鸯蝴蝶都无妨。但在文学问题上我们仍可以互相批判。
>
> ——《答徐懋庸并关于抗日统一战线问题》，载《作家》月刊第1卷第5期

鲁迅不仅提倡团结鸳鸯蝴蝶派一起抗日，而且主张新文学派与鸳鸯蝴蝶派在文学问题上"互相批判"，这种平等对待鸳鸯蝴蝶派的度量，也与那些视鸳鸯蝴蝶派如寇仇，必欲置诸死地而后快的新文学家形成了鲜明对比。

对鸳鸯蝴蝶派给予肯定的不只鲁迅，还有朱自清和茅盾。朱自清认为供人娱乐是中国传统小说的特点，因此不赞成将"消遣"作为罪状来批判鸳鸯蝴蝶派小说。他说：

> 在中国文学的传统里，小说……更是小道中的小道，就因为是消遣的，不严肃。不严肃也就是不正经，小说通常称为"闲书"，不是正经书。……鸳鸯蝴蝶派的小说意在供人们茶余酒后的消遣，倒是中国小说的正宗。
>
> ——《论严肃》，载《中国作家》创刊号

茅盾也承认鸳鸯蝴蝶派小说也"写家庭冲突，甚至写劳动人民的悲惨生活"。他还从艺术性方面对鸳鸯蝴蝶派小说给予一定肯定。他认为鸳鸯蝴蝶派的有些长篇小说"采用西洋小说的布局法"，如倒叙法、补叙法，以及人物出场免去套语、故事叙述"戛然收住"等等，这一切是对"旧章回体小说布局法的革命"。还认为鸳鸯蝴蝶派的有些短篇小说学习了西洋短篇小说"截取一段人生来描写，而人生的全体因之以见"的方法："叙述一段人事，可以无头无尾；出场一个人物，可以不细叙家世；书中人物可以只有一人；书中情节可以简至只是一段回忆。……能够学到这一层的，比起一头死钻在旧章回体小说的圈子里的人，自然要高出几倍。"（《自然主义与中国现代小说》，载 1922 年 7 月 10 日《小说月报》第 13 卷第 7 号）

鲁迅、朱自清、茅盾毕竟属于新文学派，因此他们对鸳鸯蝴蝶派的肯定是有限的。我们应该摆脱成见与束缚，从中国文学史的角度，对鸳鸯蝴蝶派做出客观公正的评价。

三、如何看待冯玉奇的小说

我们澄清了以上有关鸳鸯蝴蝶派的三个问题，等于为介绍冯玉奇的小说提供了一个坐标，也等于为读者提供了一把参照标尺。读者用这把标尺，就可自行评判冯玉奇的小说了。

冯玉奇于 1918 年左右生于浙江慈溪，笔名左明生、海上先觉楼、先觉楼，曾署名慈水冯玉奇、四明冯玉奇、海上冯玉奇。

据说他毕业于浙江大学（一说复旦大学）。1937年九一八事变后寄居上海，感山河破碎，国事蜩螗，开始写作小说以抒怀。其处女作为《解语花》，由上海春明书店出版。出版后旋即由东方书场改编为同名话剧，演出后轰动一时。那时他才十九岁。由此一发而不可收，至1949年7月《花落谁家》出版，在短短十来年时间里，他创作的小说竟达一百九十多种，平均每年近二十种，总篇幅应该不少于三千万字，只能用"神速"来形容。这时他只有三十一岁。近现代文学史料专家魏绍昌先生（已去世）所编《鸳鸯蝴蝶派研究资料（史料部分）》（上海文艺出版社1962年10月出版）开列的《冯玉奇作品》目录只有一百七十二种，也有遗珠之憾。不过我们从这一目录中仍可确定冯玉奇是一位以写言情小说为主的通俗小说作家，因为在一百七十二种小说中，言情小说占有一百二十二种，其他小说只有五十种：社会小说三十四种、武侠小说十四种、侦探小说两种。

冯玉奇不仅是一位写作神速且极为多产的通俗小说作家，还是一位热心的剧作家和剧务工作者。早在他二十六岁（1944年）时，就担任了越剧名伶袁雪芬的雪声剧团的剧务，并为之创作了《雁南归》《红粉金戈》《太平天国》《有情人》《孝女复仇》五大剧本，演出效果全都甚佳。在他二十七到二十八岁（1945～1946）时，又与他人合作，前后为全香剧团和天红剧团编导了《小妹妹》《遗产恨》《飘零泪》《义薄云天》《流亡曲》等二十多个剧本，演出效果同样甚佳。可见冯玉奇至少写过十几个剧本。

冯玉奇一生所写的小说和剧本总计不下两百五十种，总篇幅可能达到四千万字以上，是名副其实的"著作等身"，是当之无愧的中国最多产的作家，号称多产的同派小说家张恨水也难望其项背。当时的文学作品已是一种特殊商品，冯玉奇的小说如此畅销，其剧本演出又如此轰动，这足可以证明其受人欢迎，这就是读者和观众对冯玉奇的评价，它比专家的评价更为准确，也更为重要。遗憾的是，我们无法看到他的剧作和三十岁以后的作品，也不知其晚景如何，卒于何年。

从冯玉奇的生活年代和创作时段来看，他显然是鸳鸯蝴蝶派的后起之秀，所以尽管他作品如此之多，影响如此之大，而同派的老前辈却很少提到他，这也是"文人相轻"的表现之一。

按说要介绍冯玉奇的小说，应该将其全部小说阅读一遍，但我没有这么多时间，也没有这么大精力，因而只向中国文史出版社借阅了《舞宫春艳》《小红楼》《百合花开》三种，全都是言情小说。因此我只能以这三种言情小说为例加以介绍，这可能会犯以偏概全的错误，因此只能供读者参考。

《舞宫春艳》写了两个纠缠在一起的爱情婚姻悲剧故事：苏州富家子秦可玉自幼与邻居豆腐坊之女李慧娟相恋，由于门第悬殊，秦可玉被其父禁锢，二人难圆成婚之梦。不幸李慧娟生下了一个私生女鹃儿，只好遗弃，自己则郁郁而死。鹃儿被无赖李三子收养，长大后卖到上海做伴舞女郎，改名卷耳。中学生唐小棣先是爱上了姑夫秦可玉家的婢女叶小红，不料叶小红失踪，于是移情于卷耳，但无钱为卷耳赎身，两人感到婚姻无望，于是双双吞鸦片自尽。

《小红楼》的故事紧接《舞宫春艳》：曾经被唐小棣爱过的叶

小红的失踪，原来也是被无赖李三子拐卖为伴舞女郎，小棣、卷耳自杀后，小红才被救了回来，并被秦可玉认为义女。经苏雨田介绍，与辛石秋相识相恋而订婚。同时石秋的姨表妹巢爱吾也爱石秋，但石秋既与小红订婚在先，便毅然与小红结婚。爱吾为了摆脱难堪的地位，离家出走，下落不明。石秋奉父命赴北平探望二哥雁秋，在火车站被人诬陷私带军火，被军人押到司令部。可巧爱吾此时已成为张司令的干女儿兼秘书，便设法救了石秋一命。但张司令强迫石秋与爱吾结婚，二人既不敢违命，又固守道德，便以假夫妻应付。后来石秋回到家里，终于与小红团聚。

《百合花开》写了两个紧密相关的爱情婚姻故事：二十岁的寡妇花如兰同时被四十二岁的教育家盖季常和十八岁的革命青年盖雨龙叔侄俩所爱，而盖季常的十六岁侄女盖云仙又同时被三十六岁的银行家杨如仁和十九岁的革命青年杨梦花父子俩所爱。经过许多曲折后，终于两位长辈让步，盖雨龙与花如兰、杨梦花与盖云仙同场结婚。

由以上简单介绍可知，冯玉奇的这三种小说共写了五个爱情婚姻故事，其中两个是悲剧结局，三个是有情人终成眷属。这正如鲁迅所说："有时因为严亲，或者因为薄命，也竟至于偶见悲剧的结局……这实在不能不说是一个大进步。"其次，这三种小说的五个爱情婚姻故事，倒有四个是三角爱情婚姻故事，但它们的情况并不雷同。唐小棣、叶小红、卷耳的三角恋是一男爱二女，辛石秋、叶小红、巢爱吾的三角恋是两女爱一男，而盖季常、盖雨龙、花如兰和杨如仁、杨梦花、盖云仙的三角恋更为异想天开，竟然都是两辈嫡亲男人（叔侄、父子）同爱一个女子。

可见冯玉奇极有编故事的才能，从而使作品更具吸引力和娱乐性。又次，这三种言情小说的描写极为干净，没有任何色情描写。除了秦可玉与李慧娟有私生女外，其他人都非礼勿言，非礼勿行。如辛石秋与叶小红因婚礼当天石秋之母去世，为了守孝，新婚夫妻在百日之内没有圆房。而辛石秋与姨表妹巢爱吾为了对得起叶小红，虽被张司令强迫成亲，却只做了几天假夫妻。

从表现形式和艺术手法来看，我觉得冯玉奇的小说与当时新文学的新小说都受了西洋小说的影响，基本相同。譬如：两者都突破了传统小说书名的套路，不拘一格，尤其采用了一字书名和二字书名，如冯玉奇有《罪》《孽》《恨》《血》和《歧途》《逃婚》《情奔》等；而巴金有《家》《春》《秋》，茅盾有《幻灭》《动摇》《追求》。两者的对话方式也突破了传统小说的套路，灵活自如：对话既可置于说话者之后，也可置于说话者之前，还可将说话者夹在两句或两段话之间。至于小说的结构法、叙述法与描写法，更是差不多的。譬如人物描写不再是"沉鱼落雁""闭月羞花""倾国倾城"之类的千人一面，景物描写也不再是"落红满地""绿柳成荫""玉兔东升"之类的千篇一律，而加以具体描绘。这里随便举一个例子：

> 小红坐在窗旁，手托香腮，望着窗外院子里放有一缸残荷，风吹枯叶，瑟瑟作响。墙角旁几株梧桐，巍然而立。下面花坞上满种着秋海棠，正在发花，绿叶红筋，临风生姿，可惜艳而无香，但点缀秋色，也颇令人爱而忘倦。

这是《小红楼》对莲花庵一角的景物描绘，虽然算不上十分精彩，但作者通过小红的眼睛描绘了院中的三样东西——风吹作响的"枯荷"、巍然挺立的"梧桐"、正在开花的"海棠"，从而衬托出莲花庵幽静的环境，曲折地表明了时在秋季。频繁使用巧合手法是冯玉奇小说的显著特点，可以说把所谓"无巧不成书"用到了极致。巧合手法有助于编织故事，缩短篇幅，增加作品的吸引力等，但使用过多则时有破绽，有损于作品的真实性。冯玉奇的某些小说也采用了章回体，但只是标题用"第×回"和对偶句，"却说""且听下回分解"之类的套语已不再经常出现，因此并非章回体的完全照搬。况且章回体并非劣等小说的标志，它在我国小说史上发挥过巨大作用，产生过杰出的四大古典小说。因此用章回体来贬低冯玉奇的小说，也是毫无道理的。

　　冯玉奇的小说也有明显的缺点。它们与其他鸳鸯蝴蝶派小说一样，主要注重小说的娱乐性，而忽视小说的社会性和艺术性，因此没有产生杰出的作品。他是南方人而小说采用北方话，加之写作速度太快，无暇深思熟虑，导致语言不够流畅，用词不够准确，还有许多错别字和语病。还有使用"巧合"法太多，有时破绽明显，这里不再举例。

　　总而言之，冯玉奇既不是"黄色"和"反动"小说家，也不是杰出小说家，而是一位勤奋多产、有益无害的通俗小说家，他应在中国小说史尤其是中国现代小说中占有一席之地。

2017 年 6 月 4 日于北京蜗居

图书在版编目(CIP)数据

孽海潮／冯玉奇著. — 北京：中国文史出版社，
2018.3

(民国通俗小说典藏文库·冯玉奇卷)

ISBN 978 - 7 - 5205 - 0045 - 6

Ⅰ．①孽… Ⅱ．①冯… Ⅲ．①长篇小说 - 中国 - 现代
Ⅳ．①I246.5

中国版本图书馆 CIP 数据核字(2018)第 009877 号

点　　校：曹誉峰

责任编辑：蔡晓欧

出版发行：**中国文史出版社**

社　　址：北京市西城区太平桥大街 23 号　邮编：100811

电　　话：010 - 66173572　66168268　66192736（发行部）

传　　真：010 - 66192703

印　　装：廊坊市海涛印刷有限公司

经　　销：全国新华书店

开　　本：720 × 1020　1/16

印　　张：12.75　　　字数：132 千字

版　　次：2018 年 9 月第 1 版

印　　次：2018 年 9 月第 1 次印刷

定　　价：39.80 元

文史版图书，版权所有，侵权必究。

文史版图书，印装错误可与发行部联系退换。